문학과지성 시인선 559

타지 않는 혀

함성호 시집

문학과지성사

문학과지성사에서 펴낸 함성호의 시집

『56억 7천만 년의 고독』(1992)
『聖 타즈마할』(1998)
『너무 아름다운 병』(2001)
『키르티무카』(2011)

문학과지성 시인선 559

타지 않는 혀

펴 낸 날 2021년 9월 15일

지 은 이 함성호
펴 낸 이 이광호
주　　간 이근혜
편　　집 최지인 이민희 조은혜 박선우 방원경
펴 낸 곳 ㈜문학과지성사
등록번호 제1993-000098호
주　　소 04034 서울 마포구 잔다리로7길 18(서교동 377-20)
전　　화 02)338-7224
팩　　스 02)323-4180(편집) 02)338-7221(영업)
전자우편 moonji@moonji.com
홈페이지 www.moonji.com

ISBN 978-89-320-3899-5 03810

문학과지성 시인선 559

타지 않는 혀

함성호

시인의 말

아무 노래도 생각나지 않을 때

높고 낮음과 길고 짧음이
알 수 없는 말들을 대신하는 때

나는 해:진 신을 신고 걷는 자다.

2021년 가을
함성호

타지 않는 혀

차례

시인의 말

그는, 늘 9
염하—, 이백 정거장 10
이 노래를 따라가면 13
내가 풍선을 불어줄게 18
이제는 향기로 듣겠습니다 22
재;灰와 혀; 감각이 몸을 지울 때 당신에게 일어나는 사건들 24
등장인물 26
어두운 산책 28
악양岳陽의 옛 이름은 30
키친 가든 32
노 젓는 배 35
나만 모르는 일 38
우울 41
물의 철학자 44
뒤돌아보았기 때문에 이야기가 된 사람들이 있다 46
고통으로 휘어진 공간이 있다 49
혼잣말, 그다음 50
듣는 잔을 찾아서 52
봄의 이유 54
눈 오는 부에노스아이레스의 밤 56

1. 가시, 혹은 낚시

예키 부드 예키 나부드 61
두꺼방두꺼방 64
영랑호 푸른 바람 67
외옹치리 – 눈 – 내옹치리 70
윤삼월 무렵 72
병에 대한 위문 76
그 나비를 놓아줘 79
이미 끝을 지나온 것 같았지만 82
새로 한 시의 계단 87
대중적인, 아니 통속적인 90
소나무 세 개 92
무망 95
공자의 생사관 98
그리운 적막 99
꽃은 나중의 일이겠지요 102
휜, 화진포, 숭어, 해당화, 그다음 104
夢 106
가시, 혹은 낚시 108
어젯밤 나는 안개의 사주를 받았다 110

2. 라피스라줄리

출렁이는 춤 위에서 115
하얀 혼 121
푸른 호수 위에 흰 섬 하나 126
눈먼 나무 이야기 130
시베리아 블루 132

신비음으로; Anahata 136
못 돌아오는 138
넌 자유야 139
중국인 무덤 142
타지 않는 혀 146
집으로 가자 148
4·16의 목소리/팟캐스트/2016. 01. 13. ~ 2017. 04. 13. 151
팔레스타인, 용산, 세월호 90일 152
외줄 154

3. 번작이끽야

그럴 수 있었다면, 우리는 어떻게 되었을까? 159
초월나비 162
그것 아니면 아무것도 아니고, 그것 때문이라면 다 괜찮은 167
바다와 나 170
한 때 171
길에 당한 유배 172
어느 회의주의자의 굴뚝 174
무한 호텔 176
何如의 무대 178
이대로나 그대로니까 180
당신이 행복하다고 말하면 182
늦은 점심을 먹는 사람들 184
해변의 당나귀 186
번작이끽야燔灼而喫也 190

해설

진흙과 연꽃 · 김태환 192

현장 이전에 산스크리트어 불경을 한문으로 번역한 구마라집은 인도 사람인 아버지와 쿠차의 왕녀인 어머니 사이에서 태어났다. 일찍이 어머니와 인도에서 불경을 공부하여 그 이름이 사방에 알려져 있었다. 당시 관중의 패자로 군림하던 전진前秦의 왕 부견符堅은 장군 여광呂光으로 하여금 쿠차를 정벌하고 구마라집을 데려오라고 명한다. 그러나 여광으로서는 도무지 이해할 수 없는 낯선 교리에 빠진 이 젊은 승려는 그저 호기심의 대상일 뿐이었다. 그는 고양이에게 장난감을 던지듯 여자를 협박하여 구마라집을 강제로 파계시킨다. 그 후 전진을 멸망시킨 요흥姚興은 불교에 심취해 파계승 구마라집을 장안으로 데려와 삼천 명의 궁녀 중에서 고른 열 명의 미녀와 함께 살게 한다. 파계승 구마라집은 열 명의 미녀와 향락에 취하면서 십여 년간 산스크리드이 불경을 한역하는 데 몰두(?)했다. 그의 번역은 현장보다 더 중국적이었고, 자신의 번역에 대한 자신감으로 이렇게 유언했다. "내가 번역한 경전에 잘못이 없다면, 내 몸을 화장한 후에도 혀만은 타지 않을 것이다." 그가 죽은 후 장안의 소요원逍遙園에서 다비식을 했는데 과연 혀만은 끝까지 타지 않았다. 당시 쿠차의 석굴 벽화에 쓰인 안료인 라피스 라줄리lapis lazuli는 청색의 보석으로, 깨달음과 그 세계의 청정함을 상징했다. 色의 청정함과 유혹, 구마라집의 타지 않는 혀는 '혼을 가진 신의 보석'과 같았다.

그는, 늘

그는 말수가 적었다 학급에서도 뛰어난 성적은 아니었지만 늘 상위권에 있었고, 누구와 싸우는 모습을 본 적은 없어도, 그는 늘 무엇과 싸우는 중이었다 청호동 아바이들이 거의 그렇듯이 그의 아버지도 뱃사람이었고, 실향민이었고, 그 이유 때문에 그는 외아들이었다 어쩌다 하나는 생겼지만, 북에 두고 온 처자식이 있었으므로, 남쪽의 삶에서 줄줄이 새끼들을 낳는다는 것이, 그의 아버지에게는 모독이었다 그 사실이, 그의 어머니에게는 모욕이었던 것은 물론이다 그렇게 살다 아버지는 죽었다 고등학교 졸업을 몇 달 앞둔 여름의 일이었고, 그는 진학을 포기했고, 졸업하자마자 배를 탔다 그렇게 우리는, 누구는 청초호에 남고, 누구는 영랑호를 떠났다 그리고 덕장의 명태들이 꽁꽁 얼던 어느 날, 먼바다에서 조업을 마치고 돌아오는 뱃고물에서 생선 비늘 가득한 운동화로 유서를 눌러놓고

그는 사라졌다 — 죄송해요 — 장례식에는 돌아오지 못한 시신 대신 푸른 바다가 병풍 뒤에서 출렁거렸고, 억울했고, 먼 수평선 위로 하얀 뭉게구름이 거부하고 싶은 희망처럼 피어오를 때,

우리는 열아홉, 스물이었다

염하—, 이백 정거장

나는 어느 산골짝, 산골짝으로 자꾸만 들어간다
들어가다, 들어가다 보니, 이 하염없는 버스 노선은 낯선 데만은 아니다
단지, 개발과 재개발을 드나드는데, 극장 구경 가시는 울 어머니도 보이고(아직 젊다), 화장 가방을 들고— 눈 오는 고개를 넘는— 진녹색 우산을 숙인
처녀 적의 누이도 보인다
(폭설일라나)
—쇠락한 마을에는 따지 않은 홍시가 까치밥도 못 돼, 듬성듬성한 미분양 아파트 창의 불빛처럼 종일을 켜져 있다 분명,
김포 어디쯤이긴 한데
버스는 왜 가뭄이 든 바다를 보여주는 걸까?
덕장에 널린 뻣뻣한 명태들이 추위를 타고, 귀마개를 한 어린 해병이 산모퉁이를 돌아 나오는 모습도
왠지 오랜만이라는 생각—, 도대체 이 긴 노선을 가진 버스는 언제 염하를 건너려고
옹정리며, 갈산리며, 옥천정이며, 고막리며를, 돌고 또 돌아, 눈 오는 산마을과 까마귀 나는 벌판, 아파트 숲과

해가 지는 서쪽이
펼쳐지는 노선도를 찾으며
이백 정거장, 이백 정거장을 가는구나
정거장마다 저마다 피로에 지친 얼굴들이 타고, 잠에 취한 아이들이 억지로 어미의 양손에 들려 알랑미처럼 훅 불려서 내리고,
장터에서 내릴 사람들이 어쩌다가 아파트 단지에서 내리는 어정쩡한 근대
도대체 끝이 없을 것 같은 길— 나는 이미 쇠락한 시대에 태어나 망해버린 때를 살고 있다(그리고 이게 끝이 아닐 것이다)
언제쯤일까? 일어나 지금을 짚어보는데
이번 정거장에서는 노선도의 몽골 병사들이,
다음 정거장에서는 후금의 병사들이 염하를 건너고 있다
(윤선도 선단이 회항하고 송시열은 남한산성으로 가고, —아내는 자결했지만 윤선거는 살아남을 것이다)
죽음인 채 살아 있는 왕조
나는 나라 없는 백성이라서

여기는 아는 이도 없고, 부모 형제도 없고, 사랑하는 사람도 없는,

유민의 나루터

오히려 육친 같은

낯선 얼굴이 말 등에서 날 보고 웃으며 활과 칼을 건네 준다

눈이 쌓이고 있는 이 산골짝, 산골짝에서, 귀신의 통곡 같은 까마귀 울음 벌판을 지나

나는 차라리

후금의 병사들과 함께 염하를 건너고 있는 것이다

지경이며, 통진이며, 하성이며, 오리정이며를, 돌고 또 돌아

이백 정거장, 이백 정거장의 끝에서 맞이하는

비로소의 변심인 것이다

이 노래를 따라가면

이 노래를 따라가면
영원히 돌아오지 못하는
깊은 물속에 갇히거나
끝없는 경계를 떠다니는
어딘지 모르는 섬이 될 것이다

내가 이 노래를 따라간다면
지상에는 시계 소리 같은 눈이 내리고
가재미, 도다리, 도루묵이 같은 것들은
검은빛 속에서 다시 한번
죽음을 살 수 있을 것이다

이 노래를 따라가면
거기에는 바다가 있고
여기에는 바다가 있고
거기에는 창문이 있고
여기에는 창문이 있고
거기서는 닿을 수 없고
여기서는 닿을 수 없고

거기서는 갈 수 없고
여기서는 갈 수 없고
거기서도 별 수 없고
여기서도 별 수 없고
아무것도 아닐 수는 없는

내가 이 노래를 따라간다면
밤은 별이 될 텐데
썰물이 없는 밀물로 덮칠 텐데

하지만 이 노래를 따라가면
한 발 한 발마다 아프지 않을까?
아픔이 나를 알아볼까?

그러나 내가 이 노래를 따라간다면
땅도 찾고 물도 찾을 텐데
도둑도 만나고 철인도 만날 텐데

이 노래를 따라가면

나는 가장 아픈 노래가 될 거야
어떡하지?
이 노래를 따라가면
이 노래를 따라가다
너의 귓바퀴를 돌았지
한 바퀴 두 바퀴

봄과 백발이 있을 거고
바다를 건너는 호랑이가 있을 거고
졸고 있는 비탄이 있을 거다
피곤과 혀가 있을 것이다

이 노래를 따라가면
가벼운 대문이 나타나고
우물을 타고 오르는 계절풍과
물구나무 투구벌레가
사막을 건너고 있을 것이다

내가 이 노래를 따라간다면

물소리를 타고
연어와 송어가 올 것이고
곰 노루 토끼 고라니 살쾡이 같은 것들도
뒤이어
이 노래의 나무에 달릴
무성한 잎이 되어
너는 꽃이 되어
열매가 되어

이 노래를 따라가면
하나의 씨앗에 담긴 헤아리를 위해
무수한 반복이 숲을 이루고
무수한 상징이 보물처럼 숨겨진
누군가 잠깐 엿보았을 뿐인

그래서 눈이 멀어버린
하늘도 아니고 땅도 아닌
물도 아니고 불도 아닌
젖히고 걷고 펼쳤다 닫히는

우연偶然이고 연기緣起인
능연能然이고 필연必然인
그래서고 그러나인

나는 이 노래를 따라간다

내가 풍선을 불어줄게

나는 올라가 붕붕
나른한 오후를 배회해
피아노의 '라'는 무중력을 걷는 발자국 소리
오늘은 구름이 정육면체로 떠다니다 정십이면체로 변하네
그 사이로
물오른 녹;綠의 가지를 섞고 있는 버드나무처럼
얽히고;絲 있는 빛의 그물;象
나는 비행기야 비행기—, 비행기는 구름 위를 날 줄 아는 유일한 짐승이지
닥쳐, 커튼과 환풍기가 얘기하고 있잖아
소파는 가재미처럼 누워 있는 게 좋아

그만해,
곧 추락할 거 같애
술과 약이 필요해 —손을 들어 만져봐
저 강을
허공에 떠서 흐르는
하나, 둘, 셋,

움직이지 않는 춤
현을 잃은 악기처럼
아직;未濟과 이미;旣濟에서 누워 있잖아
그러면 우리 좋아하는 음을 만들까?—양화는 남려南呂
에서 서강은 황종黃鐘으로 번지는,
출렁이는 음들로 색 고운 화장을 해줄게

우리는
작고 예쁜 솜털을 간지럽히는 파장을 듣자
노랑은 지금, 파랑은 나중, 초록은 방금 지나왔고,
빨강은 기억나지 않는 눈물
제일 아픈 색은 보라지—, 너무 뾰족해, 너무 뾰족해

울지 마
내가 풍선을 불어줄게
하늘 높이 올라가는 빨강 풍선
부풀어 곧 터져버릴 것 같은

우리는 어디에도 없는 곳으로 날아가

보석으로 뒤덮인 나뭇가지에서 둘이
세상 모르고 잠든
(나중엔 우리도 그럴 수 있게)
비행기 날개에 씌워줄 모자를 짜자
너는 씨줄로
나는 날줄로

밤을 휘어서
별과 도시의 불빛을 녹여
개미들이 좋아하는 평면의 도시를 만드는 거야
—꽃잎처럼 숨어 있는
겹겹의 차원을 열어—
조심조심
서로 부딪치지 않게

라, 라, 라,
풍선이 풍선의 길을 가기 위해서
개미는 개미의 길을 가기 위해서

아무도 모르게

꼬이고 감겨 있구나*

* 승승혜불가명繩繩兮不可名: 새끼줄처럼 꼬이고 꼬여서 이름 부를 수가 없구나 — 『노자』 14장. 끈이론은 시공이 4차원이 아니라 적어도 10차원 이상이라고 예측하고 있다. 그렇다면 네 개의 차원을 제외한 나머지 차원들은 어디에 있는 걸까? 그 나머지 차원들은 아주 작은 공간 속에 돌돌 잘 감겨 있다. 이 차원들이 감기는 방식은 수백만 개나 되고, 거기에서 다양한 우주가 허용된다. 그 개수는 무려 10^{500}개에 달한다.

이제는 향기로 듣겠습니다

그 律 속에서 신을 보았다

이해한다는 것은
안다는 것이 아니라
알 수 없는 것을
알 수 없는 대로
받아들이는
몸의 말인 마음이다

라장조에 4분음의 4박자인
「달 세뇨」에 따라
통절 형식으로

휘몰아치던 감정이 잦아들고
우리는 어떻게 되었을까?

오늘 바쁘시다니
지난날에 뵙겠습니다
폭풍 속에 있다는

고요한 그곳에

새끼줄처럼 춤추고 있구나!
번지는 마음을
안아주세요
이제는 향기로 듣겠습니다

재;灰와 혀: 감각이 몸을 지울 때 당신에게 일어나는 사건들

한 입 문
검 – 붉 – 은 자두
완전했던 무엇이
무너지는 소리가
속귀를 울리는
과육에 박힌 앞니의 작은 틈에서
잇몸을 타고 흐르는 상큼한 과즙의 향기

귀밑샘을 자극해 고인 침과 함께
혀 밑에서 같이 섞이고 있다
입안 가득 머물다 인두를 거슬러 올라
비강으로 번지는
과즙의 향
천천히 어금니로 옮기어, 과육을 싸고 있는 얇은 껍질과
부드러운 속살을 차례로 구분해내는
자세한 이;齒의 감각
터뜨리며 깊이 파고드는
머리뼈를 울리는 소리가

이전의 맛을 지울 때
눈에 보이던 모든 이유는 사라진다

몸을 잃은 감각이 전체로 번지는 순간
이 작은 흔들림에
어디의 나무들은 마치
바람에 흔들리듯 보이게스리
조용히 떨고 있을

그리고 모든 것은 제자리로 돌아간다
급격하게

재;灰와 혀 — 단 한 나무만 아는
당신에게 일어나는 사건들이다

등장인물

때: 코로나 바이러스 시절로 사람들이 마스크를
쓰고 다니는
곳: 버스 안 뒷좌석

맨다리에 짧은 주름치마를 입고 두툼한 기모 점퍼 안에 흰 셔츠를 받쳐 입은 열여섯, 열일곱 살가량의 소녀가 마스크 너머로 통화하고 있다(상대방의 목소리는 들리지 않는다)

무대는 관객들 전부가 소녀의 앞좌석에 앉아 운전석을 향하고 있는 풍경을 보여준다 소녀의 목소리는 무대가 아니라 객석 뒤편에서 들린다

응~ 남자친구가 바람피워서↗ 헤어진 적 있지—

어↺ 걔 핸드폰을 봤는데↷ 그 여자애랑↗ 다섯 시간 넘게 통화했더라↺

딱! 걸렸지↝ 나랑 통화할 때는↺ 십 분도 괴로워했어↗ 코 고는 흉내 내고, 엄마가 부른다고 거짓말하고 끊고 했거든— 그런데 걔랑은 다섯 시간

이나 통화한 거야↺

아냐! 화 안 냈어↗

울었어—

버스가 대화역사거리를 지나 삽다리를 돌아 동패중고등학교에 이르는 데에 어김이 없었으므로

틀림없는 일들이 아무렇지 않게 흘러가고 있었다

어두운 산책

여기는 어디구나
눈부신 참혹이구나
나는 저무는 호수에서
작은 분수처럼 쪼그리고 앉아
어두운 숲을 생각한다

원래 없는 자리에서
말쑥한 종려나무 하나
높은 데서
알 수 없는 말들을 굽어보고

사랑이 숲의 전부이던 때를
잎잎이 불의 전부이던 때를
노래를 잃은 새는 생각한다

꽃과 나는
어떤 끌림으로
스스로 목을 꺾는 걸까?
나무와 나무 사이가 크게 다가오는

푸른 저녁이여

아무것도 보이지 않는
저 속에
불쌍한 나의 의자여
이제
일어서자, 작은 분수여

악양岳陽의 옛 이름은

악양의 옛 이름은 파릉巴陵이다

악양 화차참火车站에 내리면 아기를 안고 나그네를 빈관宾馆으로 데려가려는, 요괴 같은 아줌마들이 많은데 밤에 내릴 때는 특히 아기들의 울음소릴 주의해야 한다 이들은 대부분 역에서부터 따라와 자신들의 빈관을 지나치자마자 모두 사라진다 악양루岳陽樓로 가려면 여기서 참전로站前路 서쪽으로 길을 잡으면 된다 참전로에는 붉은 휘장 안에서 가끔 남자와 여자가 의자를 들고 서로 싸우는 광경을 보게 되는데, 분명 시인 묵객은 아니다 득성북로得胜北路가 왼편으로 접히는 모퉁이에는 야총회夜总会의 기녀들이 금박지로 만든 저고리를 걸치고 홍등을 걸어 서생들을 유혹하지만 모두 못생겼다 조심할 것이 없다 그러나 파릉서로巴陵西路의 철시와 철길을 넘는 다리는 사람의 판단을 흐리게 한다 거기서 제대로 파릉교巴陵桥를 건너면 동정호의 동쪽 호숫가에 도착하게 된다 지금은 이 호수를 사이에 두고 호북성과 호남성이 갈리지만, 옛적에는 吳와 楚왜 東南녀키 떠뎟다.* 거기에 악양루가 있다 여기에는 도적의 무리가 늘 들끓어 루에 입장하는 시인에게 백삼십 元을 요구한다 비싸서 악양루에 오

르지 못한다 不登岳陽樓乎! 옛 이름만 빼어나구나

* 『두시언해杜詩諺解』.

키친 가든

네 자 다섯 자의 조그만 정원

단풍나무와 콩배나무를 심어 그늘을 만들고
낮은 담을 둘러
아침 햇살을 들여놓은
상추와 방울토마토와 허브가 자라는
키친 가든에서

오이를 다듬고, 팬을 달구고
볶고, 데치고, 간을 맞추고
무엇이 어떻게 되어가는지
모르는

키친 가든에서
아욱이 자라고 대파가 통통해지고
감자에 싹이 나고
부추가 삐죽해질 동안
딸기가 익어가는 동안
콩과 시금치가 맛이 드는 동안

키친 가든에서

끓는 소리, 찧는 소리, 씻는 소리
스―윽 베는 소리
무엇을 어떻게 하려는지
모르는 동안

키친 가든에서

이윽고
우리가 심은 씨앗들이,
모르는 동안이
샐러드가 되고, 파강회가 되고,
찌개가 되고, 무침이 되었을 때

상치와 방울토마토와 허브가 말했다
―향기 없는 나물을 씹는 것 같애
감자와 딸기와 부추가 말했다

—누구와,가 아닌 식탁은 작은 사막이지

(그녀를 위로해줘)

이제는
파꽃이 피고, 곰취가 웃자라고
배추가 시들고, 잡초만 무성해진
모르는 동안만 사랑했던

네 자 다섯 자의
사랑, 그다음을 심을 때까지
사랑할 수 있었던

키친 가든에서

노 젓는 배

그대여, 오늘은 춤추는 숲에서 잘까?

누워서 하늘을 봐
흔들리는 나뭇가지들이 밤 별들을 쓸어
자리를 잃은 별들이 즐거이 소용돌이치다
흩어지는

귀 기울여봐
지금 이렇게 좁은 관 속 같은 조각배에
같이 누워
무모함 쪽으로 길게 끌리는
여울의 흐름을 듣자

뱃고물에 거인처럼 서 있는
사공의 검은 상투를 중심으로
유성기판처럼 아름다운 노래로 일주하는
별들의 길

흐름에 감긴 노가

밤하늘의 별들을 휘저어
천칭자리와 황소자리가 노 끝에서 말려
혼돈으로 잠기는

그러면 별들은

긴 나선형의 꼬리를 만들며
우주의 심연 속에서 반짝이다
마지막 빛을 찬란하게 하며
검은 우주의 중심에서
잠들겠지

그러면 강안의 반딧불이도
꽁무니에 불을 밝히고
사라지는 별들의 장엄을
찬양할 거야

안녕, 무모한 정신들이여
누구도 너의 사랑을 몰라볼 순

없을 거야

안녕, 현을 잃은 악기들이여
나도 내 소리에 너의 운명을 실어
울 수 없는 슬픔들을 위로할 거야

안녕, 안녕— 도저히 그럴 수 없는 일인데도
위대함이 가장 초라한 짐승에게 먹히고 있다

그러니? 지금 온 몸;音의 뼈가 악기가 된 듯
한 音;몸에 사로잡힌 사람은 이미
자기 욕망의 비극을 겪고 있는 사람이지

들리니? 우리 뒤로
밀리는 여울물이
우리의 운명을 두고 거수하듯이
송이송이
오늘은 먼 별들이
내 핏속에 맺혀 있다

나만 모르는 일

당신으로,
당신 때문에 안간힘으로 행복해집니다
이 아침 당신은 아픕니다
여기 호수는 지나치게 아름답습니다
별이
눈이 모자라게 펼쳐져 있어도 하늘은 텅 빈 책 같습니다
아무것도 읽을 수 없습니다
전장에서 살아 돌아온 병사는
기쁨도 잠깐,
마을에서 다시 역병에 시달립니다
누가 이 병의 원인인지 모르겠습니다
참언을 새긴 바위는 어느 부잣집 기둥 밑에서 잠들어 있다는 소문입니다
오직 밤만이 이 모든 것의 정체입니다
철새들이 북쪽으로 돌아가는군요

그들은 밤의 영혼입니다

날이 밝길 바라지 않아요
차라리 어둠이 지속되길 빕니다
끝까지 이 모종의 일들을 보고 싶기 때문입니다
어둠이 다 가면
당신의 이마에 서늘히 내려앉을 빛은
그럴 수 없는데도
끝없이 이어질 노래라는 듯
긴 여울처럼 울고 있을 겁니다
그리고
여기 호수는 지나치게 아름답습니다
이 아침 당신은 아픕니다
밤은 이것을 잊지 않게 합니다
오늘 약초를 찾으러 산에 오릅니다
그러나
산은 텅 비어 있습니다
밤하늘이 그렇듯이
나는 웁니다
당신은 아픕니다
이것을 잊지 않기 위해

모든 것을 잊으려

나는 안간힘을 다해 행복해집니다

우울

—나는 네가 이렇듯 두려운데,
너는 내게 아무런 두려움이 없단 말이냐

무서운 하늘이다 오늘 밤
오늘 밤 나는 두렵다 저
어둠 속에서 무슨 일인가
벌어지고 있다 그 일이
내 일로 닥칠 거 같은

나는 안다 그것은 조금씩
눈치채지 못할 정도로, 그러나
내가 느낄 수 있게 가까이
가까이 다가오고 있다
깊다
깊은 채로 넓어진다
잠시
꿈이 아닐까 하는
어리석은 생각

칼날을 세우듯 연필을 깎는다

바다 건너 마을의 지진

산 너머 마을의 전쟁
아 너무 아름다웠던 기억
빌어먹을, 무엇이든 좋다
무엇이든 생각해야 한다

그동안에도 그것은 온다
오고 있는 중인데도 그것은 이미
나에게 와

나에게

밤에 빗장을 채우게 하고
어둠을 물컹하게 하고
공기를 끈적이게 하며
사물을 연관 없이 하면서도

아직은 길 어귀에서
벌써 대문 앞에서
이제는 창밖에서

이웃고 코앞으로

(발코니 창 이열려있다 가스파이프 가있다손에쥔 칼 이 있다전깃 줄 이있다먼지가득한와인 잔 이내손목을보고있다)

뚜벅뚜벅
온다

물의 철학자

떠든 말마다 오류고
설계한 집마다 비가 샌다

다 어기고
단 한 말씀을 어기지 않은 죄로
청개구리가 울고

비만 오면 내 전화기는 울어댄다
(능소화와 은행나무와 느티나무로부터)
비가 샌다고
물이 찬다고

나는 무엇을 어기지 않은 것일까?
말씀의 하자보수기간이 영원하다면
말씀의 건축은 영원히 보수되지 않을 것이다
나는 물의 욕망을 다 들여다보았다,
고 할 수 있다
그렇다고 안다,
고 할 수는 없다

보는 것과 아는 것 사이에서
나는 당황하고 있을 뿐이다

농부는 물의 정치가다
때맞춰 가두고
때맞춰 보낼 줄 안다

나는 물의 철학자다
전전긍긍한다

뒤돌아보았기 때문에 이야기가 된 사람들이 있다

무슨 일이 있었던가? — 강가에 나와 앉아 귀 기울이면
내가 사랑했던 것들이 서로
　　　　머리카락을 섞고 누워
두런두런 이야기로 흐르고 있다

(뒤돌아보았기 때문에 이야기가 된 사람들이 있다)

무슨 일인지 —, 강에 손을 담그면 그
　　　　　차가움이 귀를 열어 듣게 되는
　　　　　물 밑을 흐르는 작은 말씀들
　　　　　나를 일깨워주는
　　　　　먼 옛날의 이야기

사랑했지만 그때는 몰랐던
아껴주고 싶었지만 왠지 잔인했던
미워했지만 이제 와서 그리움인
온갖 늦은 후회들이
새벽 강의 이내처럼 몰려오고 있다

(뒤돌아보았기 때문에 이야기가 된 사람들이 있다)

무슨 일이었던가?
그렇게 간절히 바라고 있었으면서도
한 번도 불러보지 못한 이름들
그렇게 오래 서성였던 그 집이
흐르는 강물 아래로 잠기고 있다

이렇게 강가에 나와 앉으면
잊었던 날들과 잊을 수 없는 날들이
어두운 숲에서 걸어 나와
같이 앉아
흐르는 강물을 보며 또,
무슨 일이었던가?—서로 이야기 나누며

아침의 푸르름과
햇살의 반짝임과
저무는 어둠이 되어
눈물과 웃음이 되어

흐르는 노래가 되어
사라져간다

(뒤돌아보았기 때문에 이야기가 된 사람들이 있다)

그리고
모든 이야기는
강이 되어 흐른다
　　　　　흐르는 강물은
뒤돌아보지 않는다

고통으로 휘어진 공간이 있다

버스가 서는 긴 의자에 소녀 둘이 나란히 앉아 서로의 상처를 후벼파고 있다 그래서 깔깔대는 웃음이 거슬리는, 여름이 저무는 녘…… 살갑기보다는 따분한 햇빛이 긴 그림자에 섞여 있다 다른 있음에 대해서는 까맣게 잊어 버리는 때…… 웃더니, 후다닥 같이 의자에서 튀어 오르더니, 한 소녀가 다른 소녀를 필사적으로 쫓아간다 (지루한 가운데 움직이고 있는 오직 하나의 흐름) ……빠르게 내 앞을 지나치는데 무슨 일인지 그 한 낯은 지나가지 못하고 있다 앞의 소녀는 애써 장난이었다는 얼굴, 뒤의 소녀는 고통에 일그러진 얼굴이다 버스 하나가 와 문을 열었지만 아무도 내리지 않았고 타는 사람은 나 혼자였다

(무슨 말이었을까) 소녀들은 이를 악물고 사라졌지만 고통이, 움직일 수 없는 그림자처럼 공간에 새겨져 있다 무슨 말이 있었던 것일까? 바늘로 긁으면 고스란히 재생될 것 같은 두려운 상처, 사랑했던 사람과 걸었던 길은 꼭 피해 다니는 여자도 있었다

덜해지지 않는 슬픔과 고통의 질량으로 휘어진 공간이 있다 옆의 빈자리에서도, 버스가 지나가는 거리에서도, 상처받은 마음들이 구겨져 우회해야만 하는 공간이 있다 거기―, 무슨 말이 있었던 것일까?

혼잣말, 그다음

혼잣말 그다음—이 도시는
거대한 레코드판이 되었다
어디를 가나 혼잣말이 들려왔다
아파트 단지의 쥐똥나무 울타리를 타고 흐르고
신호를 기다리는 건널목을 가로질러
말하듯 노래하기로 다가오기도 했다

어디서 불어오는 바람에 호수의 물결이
혼잣말로 들린 것도 그다음이었다
혼잣말이 자전거를 타고 지나가기도 했고
혼잣말이 사라진 자리를 단풍나무와 사철나무가
실망으로 우거져 내리어 메운 것도
그다음이었다

새벽의 골목에서는 혼잣말의 그림자가
사방에서 포위해오며 들려오기도 했다
그럴 때마다 나는 내가
혼잣말의 홈을 따라 도는 바늘 같기도 했다

이 도시에 누가 혼잣말을 기록하고 다녔는지
혼잣말은 지하철로에도, 계단에도, 복도에도
유리문의 경첩에서도 투명하게 울려 나왔다
아무도 듣지 못하는 혼잣말을
홀로 듣는다는 것은 행복한 일이었지만

이 미약한 신호를 증폭시키는
내가 미친 것은
혼잣말, 그다음이었다

듣는 잔을 찾아서

— 귀는 닫을 수가 없어

까마귀는 아프게 타오르는 불씨 하나가 몰래 황홀했다
썩은 고기를 헤집던 부리를 열어
추운 둥지로 가져와 쇠락을 장식했으나

태양의 흑점이 기괴한 비웃음으로 번질 때

아름답게 치솟아 오르는 불꽃들 속에 감춰진 칼끝들을
나는 또 아무도 모르게 사랑하고 있었나 보다

한 맑은 술이 찰랑이는 한 잔
타오르는 열정들이 서로를 살해하는 숲

사랑의 실패는
나를 너의 귀에서 잠들게 했다
나는 죽음 쪽으로 기울다가
잘 말린 가랑잎처럼 동그래졌다
(심장이 뛰는 소리)

싸라기눈이 오고 있다

봄의 이유

내 뿌리는 썩었다
나를 사로잡고 있는 어두운 대지여
서사 없이, 말의 사건이여
참혹한 사랑보다, 참혹이여

상처에서는, 영원히 장식되지 않을
마주할 수 없는, 이여

꿈에서는, 영원히 깨지 않을
반복되는 악몽이여

뼛속 깊은 추위가 내 뿌리를 만져주고 있다
나는 조금 더 깊은 우물이다

나의 혀가 너의 귀에서 찰랑이는 이유다
사금파리로 난자당한 겨울 숲의 상처에서부터
울컥, 잎이 돋는 이유이기도 하다

한 잎 없는 사랑이,

이 고통과 쾌락의 나무가 이루는 치정이라는 것이,
결코 살아 있은 적 없는 부활이었다는 것이,
이 봄의 이유다

(이제 우리 헤어질까?
곧 봄이 올 거 같애)
꽃 피겠지
모두 화려해지시길

눈 오는 부에노스아이레스의 밤

걸려온 전화에 낮잠이 깨어 잠들기 전에 읽다 만 잡지를 다시 읽고 있는데 남반구 사람, 혹은 누구라도 상관없는, (이 가문의 사내들은 성인이 된 후에는 반드시 눈이 멀게 되는) Jorge Francisco Isidoro Luis Borges가 문고리를 더듬는 소리가 들려 창을 열고 아래를 내려다보자마자 머리 위로, 매일 아침 잠을 깨우던, 시끄러운 울음이 온몸인 새 한 마리가 먼 아르헨티나의 눈이 오는 부에노스아이레스의 밤으로 날아가는 모습을 보고, 우중충한 해가 빛을 쓸어 밤을 모으는 한 소리를 듣고 나서 나는, 비로소 나는, 허블 망원경 같은 깊은 우물에 빠져 푸른 하늘과 밤, 흰 구름, 평슬래브를 허용치 않는 이 도시의 건축법을 따르는 건물들 대신, 불타는 금성의 표면과, 초신성의 폭발과, 다른 은하와, 우주에서 가장 추운 곳의 빛을 보며 길을 잡지 못해, 어두운 얼굴과 부딪히고 무엇인가에 발이 걸리고 쫓기고, 끝이 없는 구덩이에 하염없이 빠져들어가고, 그 틈 사이로 눈가의 깊은 주름을 만나고, 이빨이 다 보이도록 웃는 속에는, 아직 열어보지도 않은 순천의 한 지인이 보내준 차와 과자가 들어 있어, 계속 바닥 모를 밑으로 떨어지면서도 의아한 마음이 복잡한 차향처럼 우러나오는데, 분명 갈 데 없는 여기에서 붙잡을 수 없는 거기로, 택배 배달원이 현관문을 닫고 계단으로 내려가는 모습을, 닫힌 문 뒤에서 보며 뒤돌아서서, 눈이 내리는 방 안으로 들어가 피할 수 없는 길이라면 가고 마는, 도시의 수도관 속을 헤엄치는 물고기들과 같이 걷다가 느닷없이 걸려 · 온 · 전화 · 에 · 낮 · 잠 · 깨어 · 잠 · 들기 · 전 · 읽다 · 만 · 잡지 · 다시 · 읽고 · 남반구 · 사람 · 혹 · 누구라도 · 이 · 가문 · 사내 · 들 · 성인 · 된 · 후 · 눈 · 멀게 · 되는 · Jo · r · ge · F · ran · ci · s · co · I · si · do · ro · Lu · i · s · Bo · r · ge · s · 문 · 고리 · 더듬는 · 소리 · 들려 · 창 · 열고 · 아래 · 내려다보자마자 · 머리 · 위로 · 매일 · 아침 · 잠 · 깨우던 · 시끄러운 · 울음 · 온 · 몸 · 인 · 새 · 한 · 마리 · 먼 · 아 · 르 · 헨 · 티 · 나 · 부 · 에 · 노 · 스 · 아 · 이 · 레 · 스 · 밤 · 으로 · 날아 · 가는 · 모습 · 보고 · 햇 · 빛 · 쓸어 · 밤 · 모으는 · 한 · 소리 · 듣고 · 나서 · 나 · 비로소 · 나 · 허블 · 망원경 · 같은 · 우물 · 에 · 빠져 · 하늘 · 과 · 밤 · 흰 · 구름 · 평 · 슬래브 · 허용치 · 않는 · 이 · 도시 · 건축법 · 따르는 · 건물 · 들 · 대신 · 금성 · 표면 · 과 · 초신성폭발 · 다른 · 은하 · 와 · 우주 · 에서 · 가장 · 추운 · 곳 · 빛 · 보며 · 길 · 잡지 · 못 · 해 · 얼굴 · 과 · 부딪히고 · 무엇에 · 발 · 걸리고 · 쫓기고 · 구덩이 · 에 · 빠져 · 들어 · 가고 · 그 · 틈 · 사이로 · 눈가 · 주름 · 만나고 · 이빨 · 다 · 보이도록 · 웃는 · 속 · 에는 · 아직 · 열어 · 보지도 · 않은 · 순천 · 한 · 지인 · 보내 · 준 · 차 · 와 · 과자 · 들어 · 있어 · 계속 · 바닥 · 모를 · 밑 · 으로 · 떨어 · 지면서 · 도 · 마음 · 차향 · 처럼 · 우러나오는 · 분명 · 갈 · 데 · 없는 · 여기 · 에서 · 붙잡을 · 수 · 없는 · 저기로 · 택배 · 배달원 · 현관 · 문 · 닫고 · 계단 · 내려가는 · 모습 · 닫힌 · 문 · 뒤 · 에서 · 보며 · 뒤 · 돌아 · 서서 · 눈 · 내리는 · 방 · 안 · 으로 · 들어 · 가 · 피 · 할 · 수 · 없는 · 길 · 이라면 · 가고 · 마는 · 도시 · 수도 · 관 · 속 · 헤엄 · 치는 · 물 · 고기 · 들 · 과 · 같이 · 걷다가 · 느닷없이 ·

몸 · 이 · 똥 · 이 · 몸

1. 가시, 혹은 낚시

음악을 꺼줄래?

빗소리를 듣자

이 천지간

예키 부드
예키 나부드

정오—, 낮은 난간에 나와
            녹슨 의자에 앉아
쏟아지는 햇빛에 죄인이 되어 고개를 떨구고 있다
그림자는 바닥에 고인 얼룩이 되어
넘을 수 없는 예감이었다가
씻을 수 없는 罪였다가
건널 수 없는 노래였다가
한다

해도
모두 같은 얼굴이다
모두 같은 삶일 것이다
늘어났다가 줄어드는—, 알 수 없는 말들이 모르는 대로 저마다의 자리를 찾아가는 때
나는 아직도
밤마다 하늘에 나타나는 어두운 길을 바라보며
내가 가야 할 먼 곳을 헤아려보고 있다
별은 수없이 많은 얘기를 들려주며 끝없이 돌고
나는 언제나 길 위에서, 아무도 귀 기울이지 않는 이야

기를
홀로 듣고 있다
흐르는 강물 아래로 작은 모래알들이
쉼 없이 일어나서 뒤집어지듯이
불운한 손금으로 채찍을 잡아야 할 내일은
罪였다가
노래였다가
한다

해도,
나는 그 강물의 흐름을 장딴지로 딛고 서서
물소리를 허리와 팔뚝에 감고
그 여울에 낚시를 던질 것이다
우리의 이야기야, 늘 울음으로 시작했듯이
절름발이 시인의 죽음에 가서도 불렀던

옛날, 옛날
아주 오랜 옛날에,
예키 부드

예키 나부드,

幸이든 不幸이든

먼 별이여, 길을 물어본다

(깊이 사랑했습니다,라고 말할 수 있을까?)

그렇다 해도

실 위에서 만나는 사람마다

끝이 멀지 않았다고

또 나를 속이는 건

시작 메모—어느 시대나 옛날은 있었고, 어느 곳에서나 그 옛날을 이야기하는 처음의 방식은 비슷하다. 옛날 옛적에, 아니면, 옛날 아주 오랜 옛날, 어른들은 그렇게 옛날이야기를 시작하며 무슨 이야기를 할지 생각했던 것은 아닐까? 그래서 이야기는 이야기 앞에서 망설이는 한 늘 오늘의 이야기다.

두꺼비두꺼비

어린 시절
학교에서 이런 시험 문제를 받았지
우리나라의 국가원수는?
나는 金日成이라고 답을 적었고
선생님으로부터—부모님 모셔오라는 엄명을 받았다
엄마는 나보다 더 학교에 가길 싫어했고, 아버지는 자주 집에 없었다
우리가 고모라고 부르던 여자와
아버지가 아예 살림을 차려 집을 나갔을 때
그의 숙취를 달래주던 설탕물은 이제 내 차지고
나는 성가신 그가 보이지 않게 되어서
엄마와 같이 그 기쁨을 나누려 했지만
그녀는 울고 있었다
무엇인가 잘못됐다고 생각했지만
우리는 나무를 심으러 자주 교실을 비웠고
갈라진 논에 물을 대러 가끔 가뭄 끝으로 행진하곤 했다
柱와 나는 종종 굴뚝의 흙을 파먹는 내기를 했다
(언제나 내가 이겼으므로)
나는 열네 살에 맹장에 걸려 to－부정사를 끝까지 이

해 못 했고
　柱는 하필, 열여덟에 맹장에 걸려 그해 입시를 망쳤다
　밖에서는 오징어 서리를 하다 쫓겨 다녔고
　집에서는 柱에게 얻어맞았다
　나는 꿈속에서 柱를
　명태를 씻던 커다란 수조에 산 채로 누이고
　바닥에 시멘트를 발라 묻어버리는 꿈을 꾸고
　깨어
　심한 죄책감과 함께 철이 들어갔다
　그 꿈속에서는 남편을 빼앗긴 엄마와
　언제나 펜치로 우리의 이빨을 뽑아주던 고모가
　공범으로 같이 있었다
　첫 몽정을 했고
　몰래 속옷을 빨다 玉에게 들켰다
　언니는 오빠랑 결혼하고
　나는 柱랑 결혼하고
　浩는 누구랑 결혼하지?
　淑은 내 신부 걱정에 부용꽃처럼 시들어갔다
　쯧쯧, 나는 혀를 찼다 나는 엄마랑 결혼하면 되지

엄마는 혼자잖아

나는 이빨을 지붕 위로 던졌다

헌 집 줄게 새집 다오

두꺼방

두꺼방

영랑호 푸른 바람

예감도 없이 아버지가 죽었다
설밑이면 어김없이 불어오던 영북의 바람이
그날도

먼 데 사람들이 밤낚시를 하며 흘끗 자신의 운명을 훔쳐보고 가곤 했던 짙푸른 호수
짙푸른 호수를 뒤집는 묵묵부답을 바라보는
입관 전의 장례식장에는
오지 않는 그의 처와
올 수 없는 그의 첩이
어쩌면 똑같이 화투 패를 섞고 있을지도 모른다는
생각
(섣달 비에 손님이 오니
정월 송학이면 소식이 오리라)

그런,
예감도 없이 아버지가 죽었다

첩과 살던 아버지는 여름철의 별자리가 마당을 채 메

우기도 전에 누군가 버리고 간 아이를 길렀다 — 두 사람에겐 선물 같았던 업둥이 여동생은 간질이었다

이 민물호수는 바다와 이마를 맞대고 있다
그믐의 낮과 밤 동안
낚시에 걸린 곤鯤의 비늘을 이어 식구들의 옷을 짓던 어머니와 누이들은
이 푸른 호수에
어떤 눈물을 보탠 것일까?

바람이 막고 나선 갈매기의 길
기억하니?
이 북항北港의 어판장에는 동전이 아니면 받지 않았던 모사란 일꾼이 살았다 판장에 사람들은 그에게 일값을 치르기 위해 매번 은행에 들러 동전을 바꿨지
아버지는 아침마다 구걸 온 거지들을 한 밥상에 앉히곤 했다
누이는 그 이율배반에 치를 떨었다; 어머니는 아버지가 갈아입을 속옷을 어린 누이에게 들려 여관방으로 심

부름 보냈다 — 어머나, 세상에! 열린 문틈으로 동산東山
이가 아버지 등 뒤에서 내다보고 있는 거야!
(어머니는 왜 그랬을까?) — 여진족의 딸이 방바닥에
쭈그리고 앉아 재수표를 떼고 있다
그때부터
누이의 삶은 아름답게 금이 간 걸까?
(얼어붙은 두만강에서 스케이트를 신고 막 결혼식을
끝낸 북쪽의 신랑과 신부가
이쪽을 보며 웃고 있다)
그런,
예감도 없이 그가 죽던 날이었다

— 그래도 너는 사랑받았잖니
간질의 누이동생이 큰누이 앞에서 울고 있다
괜찮은 걸까?
우리 모두

외옹치리 - 눈 - 내옹치리

눈은 내리고 눈은 내리고, 내가 사랑하던 처녀의 속눈썹에 내리는 눈같이 눈은 내리고, 목도리에 얼굴을 반쯤 묻고 깜빡이던 딱한 눈동자, 어쩌라고, 어쩌라고 눈은 내리고, 마른 덤불에, 빈 들판에 눈은 내리고, 노랑턱멧새, 딱새, 오목눈이, 직박구리도, 한데서 고스란히 맞는 눈은 내리고 쌓이고, 쿨럭이는 나무는 차라리 눈의 일족 같고, 눈에 보이지 않는 먼 섬은 눈물 같고, 좌판에 누운 심퉁이, 도루묵이, 양미리는 부러 귀 기울이고, 싸락눈 같은 좁쌀을 덮고 작은 단지 속에서 익어가는 가재미 한 마리도 그러는 것 같고, 어쩌라고, 어쩌라고 눈은 내리듯이, 오징어, 명태, 청어가 오지 않는 빈 바다에도 눈은 내리고, 하염없이 내리고, 북해산 명란이 밥상 위에서 조용히 묵상하는 저녁 눈은 내리고, 하루 이틀 사흘 나흘 발이 묶인 배들을 잡는 신 밧줄 위에도 새벽 눈은 내리고 위태롭게 쌓이고, 벌써 손질을 끝낸 그물에도, 씨줄과 날줄 위로 또 눈은 내리고, 어쩌라고, 어쩌라고 아무도 오지 않는 빈 우물에도 눈은 내리어, 댓돌에 벗어둔 흰 고무신 안에도 소복이 눈은 쌓이고, 마른 대숲에서 들리는 소리, 신갈나무 잎에 앉는 소리, 감태나무 잎을 울리는 소리, 어쩌라

고, 어쩌라고, 부―부― 누추한 목선들이 불어대는 나팔 소리에도 눈은 내려, 눈은 내리고

윤삼월 무렵

영북에서는 이면수라고도 부르는
새치 한 배만 건지면 평양 감사도 부럽지 않다는
봄 바다
어머니 병을 얻으시어
회로 먹어도 그 부드러운 맛이
구워 먹을 땐 그 고소한 껍질을 생각하며
어머니와 같이 살던
목화가 저절로 자라던 내를 건너
백년산 북사면의 팔부능선쯤인가
여전히 어두운 골목에 낡은 세탁소가 있던 모퉁인가를
돌아
그 집에 문안을 여쭈러 가니
어머니는 무채를 깔아놓은 침대 같은 곳에서
낙심한 가재미처럼 누워 계시다가
일어나 앉으시어
당신의 손발을 만져보게 하시고는
바라기에 막 갈라놓은 만두처럼
모락모락 부추 향내 나는 말씀으로
내 머리를 쓰다듬으시고는

그래도 흰머리가 예쁘게 났구나

나는 좋아라, 그 옛날 어머니 흰머리를 뽑아 한 올에 동전 한 닢씩 받아서

그 맛있던 캐러멜이며, 달콤한 크림만 싹싹 핥던 산도며, 아무 맛 없고 질기기만 해 장난질에 늘려 먹던

쫀드기 같은 군것질거리들을 생각하다가

또, 귀신도 모른다는 윤달, 아직 남겨둔 추위를 걱정해

낡은 담요로 어머니 어깨를 둘러주려 하니

한사코 마다하시며

이 집은 돼지고기도 채 안 익혀 먹는다며

집에 가고 싶다고

차부까지만 데려다달라고

이번엔 조용히 지붕 위에서 혼자 얼고 있는

한겨울의 만두처럼 울고 계시길래

나도 덩달아, 그릇이며, 냉장고며, 운동기구며, 빨래들이며 사방 오방 난전으로 널린

이 집 식구들의 깔끔하지 못한 성품을 나무라고,

몇 달 동안이나 신통한 처방도 내리지 못한 의사들을 비웃고,

흉보다가 어머니와 같이 낄낄대다, 다음엔 한의사에게 가보자고, 진작 그랬어야 했다고, 맞장구치며

송장을 거꾸로 세워놓아도 탈이 없다는 윤삼월의 문턱에서

나와 어머니는 그물에서 퍼덕이는

그 싱싱한 화진포의 숭어들처럼

나와 어머니는 영문 모른 채

왜 봄인가 하고

속초 앞바다는 설악에 눈이 녹아야

비로소 봄 바다라고,

새삼스러운 동의로, 꼭 그런 건 아니지만

어머니와 나는 똑같이

돌아가야 할 길보다 가야 할 길이 더 정답고

집은 멀고, 낯선 곳은 오히려 가까워

우리가 고향을 떠나온 해 봄

눈이 한 자나 덮힌 김칫독을 열어 어깨까지 넣어

시월 배추로 담은 신내 물씬 나는

김치 포기 포기 사이에 재워둔

그 잘 익은 명태 식해를 꺼내 먹던

그 어느 해 봄에 온

한겨울을 생각하고 있었다

병에 대한 위문

어머니가 냉장고 안에 누워 계신다

(이 작업은 원래 8－채널 서라운드 사운드로 만들어졌으나 이번 병문안에는 5.1－채널로 변환된 버전으로 바꾼다)

잠깐 내리는 눈이 대지를 덮고 있는 것처럼
얇게 소금을 뿌리고 어머니 코 고는 소리의 사운드 웨이브를 감각한다
볼륨 페달 속에 숨겨진 MP3플레이어의 음으로 변환된 해醢

페달은 VOX 앰플리파이어로 연결되어 걱정하는 어머니의 한숨을 부드러운 사운드로 바꿔서 들려준다

『呂氏春秋』「行論」을 펼쳐 주紂왕이 매백梅伯을 육장肉醬으로 만드는 레시피를 그대로 따라한다

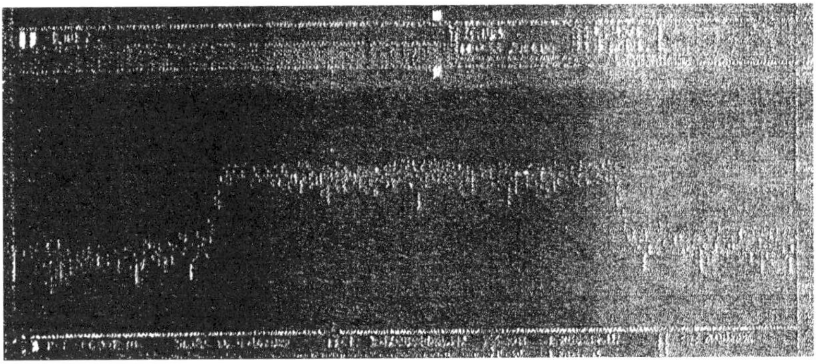

고등어 코 고는 소리
고등어 코 고는 소리
고등어 코 고는 소리
고등어 코 고는 소리
고등어 코 고는 소리
고등어는 어머니를 구워 주려 하셨나 보다

피에서 발라낸 뼈는 내가 먹었다
특히 이 부분에서는 CD플레이어의 오작동 스키핑을
통해 샘플 없는 샘플러 연주를 섬세하게 포脯로 떠낸다

같은 CD에서 다른 트랙 하나를 더 들려드릴게요

孔子와 어머니는 고개를 저었다

『史記』「殷本紀」: 구후九侯의 딸이 음란했는데, 紂왕이 이것을 싫어해 그녀를 죽이고 구후는 醢의 형벌로 다스렸다. 악후鄂侯가 이를 두고 강경하게 변호하자 악후도 脯의 형벌로 다스렸다

어머니가 냉장고 안에 누워 계신다

가재미 식해처럼
가재미 식해처럼

울음을 참고 내리는 눈처럼

그 나비를 놓아줘

—설산을 넘는 어느 티베트 가족에게

그 나비를 놓아줘

우리는 말도 배불리 먹였고
멋진 모자도 하나 생겼지
야크 떼가 풀을 뜯는 습지를 지나
푸른 양귀비가 피어 있는 계곡에 가면

그 나비를 놓아줘
낮에 뜬 달이
구름의 빛과 같아지는 시간이면

그 나비를 놓아줘
얼마나 많은 사람이 죽었나
그래도 우리는 살아남았지
우리는 그저 성스러운 호수에 비친
우리의 운명을 사랑했을 뿐이야
그 호수에 가면

그 나비를 놓아줘

죽음으로 설산을 넘어간 사람들이
나비의 길을 따라 다시 돌아올 수 있게

소—소소소소소소
신들의 분노를 달래줘

오색의 경전이
바람을 기다리는 고갯마루에 오르면
그 나비를 놓아줘

우리는 잘 말린 고기도 얻었고
한 자루 칼도 챙겼지
그늘은 오직
구름의 그림자뿐인
이 길 위에서

그 나비를 놓아줘
별빛이 천지를 수놓은 밤에
맛있는 풀과

유채가 자라는 짧은 여름에

그 나비를 놓아줘

그 나비를 놓아줘
그 옛날 고래가 헤엄치던 언덕에서
해류가 밀려가던 골짜기로

우리는 무슨 이유로
떼 지어 헤엄치는 물고기처럼
이리저리 말을 몰고
막걸리를 나눠 마시고
우리의 양 떼를 지켰지

그 나비를 놓아줘
같이 당구를 치며 웃던 시장으로
죽어간 친구들이 다시 돌아올 수 있게

그 나비를 놓아줘

이미 끝을 지나온 것 같았지만

누구의 노래였더라? 응? 누구의 노래였지?
글쎄, 그냥
누구의 노래였다고 하자
우리는 누군지 모르지만
누군가의 노래를 들었지
비눗방울 안에서

누군가의 노래를 들으며
도시의 하늘을 떠다녔지
후— 맛있는 연기를 마시며
아주 조그맣게 멀어지는 사람들과
핏줄 속을 흐르는
산소 알갱이 같아진 자동차들,
도시의 많고 많은 집의 옥탑에 있는
노랗고 푸른 물탱크 위를
날아다녔지
연기는 맛있어

작은 비눗방울 안에는

기타와 너
너저분한 술병들과 쓰다 만 시
그리고 무엇보다
죄의식에 사로잡힌 변명들, 그리고
이유 없는 경멸과 분노 같은 것들

우리, 바깥보다 더 더럽게
이 안을 장식하자
우리, 바깥보다 더 더럽게
여기를 장식하자

한숨이 어떨까?
누가 말했고
누가 말했는지 모르지만
우리는 모두 한숨 대신
웃기 시작했지
웃긴 일이었어
한번 터진 웃음은 멈추지 않았고
우리는 그렇게 도시의 하늘 위를

웃음으로 날아다녔지

수많은 언덕과 산을 넘어도
도시는 어디가 끝인지 알 수 없었고
심지어 다 거기가 거기 같았지
누군가 울기 시작했어

우리는 누군지 알 수 없는
누군가의 노래를 부르며
고통과 슬픔, 모순과 부정의 날들에도
계속되는
삶의 비참을 쫓는 우리가
누구인지 알 수 없었지
하지만
비눗방울 안은 연기로 가득 찼고
우리가 그 연기를 다 마실 동안 만큼은
우리가 그것이 뭔지 모를 동안 만큼은
우리의 생도 계속되리라는 것을
알고 있었지

우리는 그냥
연기로 가득 찬 비눗방울을 타고
도시의 가장 높은 피뢰침 위를 떠돌았어
십자가 위의 피뢰침은 너무한 거 아냐?
누군가 말했지만
피해 갈 수 없다면
그런 자세도 괜찮겠지
누군가 토했고
누군가가 등을 두드려주었지
비눗방울 안은 정말 더럽게,
더럽게 변해갔어

비눗방울 안에는 늘 무지개가 있어서
빛은 아름다웠지만
어떤 위로도 되어주지 못했고
위로는 아무것도 바꾸지 못했어
그때
누군가인 너가 말했지

우리, 조금만 더 가보자
우리, 조금 더 가보자

이미 끝을 지나온 것 같았지만
우리는 조금 더 가보기로 했지
이미 끝을 지나왔으니까
우리는 끝까지 가보기로 했어

새로 한 시의 계단

봄바람 낮술에 취해 너는 슬프게
슬프게 자고 있구나
이미 지나간 산수유나무 그늘은
발끝에 겨우 걸려 있고
音은 나를 왜
사소한 구석에서
혼자 울게 하나

내가 노래해줄까?
순수한 기쁨, 그리고 달뜬 기대
단 하나의 꽃이 화려를 입고
흰 꽃의 이야기와
붉은 꽃의 노래와

— 치자꽃이여!
아찔함으로, 너의 슬픈 잠 속으로
돌아오지 못할 그림자 숲으로
걸어 들어가고 있구나

그러지 좀 마, 제발
나는 꿈속에서도
너를 괴롭히고 있나 보다
죽음의 옷은
이렇게 화사한 色이
불결하면서도 왠지 親하기만 한 슬픔

집으로 올라가는 첫번째 계단을 밟다가
잊은 게 있는 사람처럼 담배를 문다
또 돌아왔구나
처음 보는 것들과의 이 어리둥절한 다정함이
한켠에서는 언제나 의아했던 것처럼
정오의 해가 자정에 적중하고 있다

달빛에
민들레가 환하게 핀
그늘의 정원에 와서
쓰러져 잔다
긴 꼬리를 그으며 떨어지는 별똥별은

내 답안지가 오류임을 알려주고

땅속 깊은 곳에서
서늘한 죽음이
가만히 뒤에서 안아주는,
많이 늦었구나
울컥, 돌아누워도 마주 안을 수 없는
물이여, 어둠이여

너를 건너
내 노래는 너에게 내려가기 위한
유일한 우물, 그리고 계단
그 길로 오를 수는 없어서,
내가 노래해줄게

멀리멀리 퍼져
숲과 바위가 듣고 울고
새와 사슴이 따라 부르게

대중적인, 아니 통속적인

여배우가 운다
가슴 아프게, 가슴 아프게
저 바다가 육지라면
하고 여배우가 운다
헤어질 때는
사랑하기 때문에 이별하고
만남은 늘
운명적이었다고
사랑이 때로는
지겨울 때가 있다고
휘황한 사이키 조명 아래서
가수는 노래 불렀다
반짝이는 별빛 아래
소곤소곤대는 그날 밤 이후
누가 사랑을 아름답다고 했던가
춤추는 작은 소녀
소녀보다는
한번 가면 오지 않을 시간을

無一物, 無一物이라고
노는 계집을 데리고, 비린내 나는 부둣가에서 논다
샌프란시스코야, 태평양의 로맨스야
연분홍 치마가 봄바람에
흩날리는 눈부신 바다
(그 여자는 떠났네)
그 여자는 떠났다

소나무 세 개

하루 종일 자고 일어나
옛일을 그리워하는 아름다운 노래를 들었다
이게 무엇일까?

소나무 세 개
그중에 하나를 베어
땔감으로 팔았던 나무꾼이
밥을 지어 먹고
동티가 나 죽었다던
하여,
소나무 두 개만 남았지만
모두가 없는 나무를 세었던
소나무 세 개

하루 종일 자고 일어나
옛일을 그리워하는 아름다운 노래를 들었다
이게 무엇일까?

소금의 단단함

어린 어금니 사이에 눌려
뿌리를 울리는 통증이
그릇된 영혼이 깨져 나가듯
울 수도 없었던

그런,
아주 얇은 차이였지만
바다보다 깊었던
소금의 단단함

하루 종일 자고 일어나
옛일을 그리워하는 아름다운 노래를 들었다
이게 무엇일까?
(울 수도 없었던)

누군가의 온기가 남아 있는 버스 손잡이를 만졌다

아, 아름다운 노래여
이 광활한 바다에 와서 나는

어느 역적의 집터를 파헤치고 메운
못의 물만 바라보고 있구나

억울하여라
거기에는 고여서 썩은 얼굴이
먹구름처럼 웃고 있다
그래도 되겠지?
그래도 되겠지?
손을 잡고 가자
오늘은, 소금의 단단함으로
　　　　소나무 세 개로

울 수도 없었던
낯선 고향으로 돌아가자

무망(无妄: ① 바르지 않으면 재앙이 있다 ② 생각을 일으키지 않는 것이 오히려 이롭다)

세상의 모든 강은 생각한다

푸른 빛이게 하는
검은 길이게 하는
　　깊음이게 하는
　　건너가게 하는

세상의 모든 강과

같이 가는 바람
헤어지는 그림자
언제나 불러보는 구름
도무지 알 수 없는 별

세상의 모든 강에는

말이 매여 있거나
나무가 혼자 있거나
아이가 울고 있거나

꽃이 제 얼굴을 씻고

세상 모든 강의

풍경인 안개
　　　　바람
　　　　눈과
　　　　비
얼고, 터져서, 갈라진
풀고, 녹아서, 열린
핥고, 지쳐서, 굽어진
차고, 슬퍼서, 정해진

(내려다보면)

세상의 모든 강의
검은
을, 건너간다

다시,
한 번도 본 적 없는
누추한 욕망이 거기서
피어나는

(어둡고, 모르는)

공자의 생사관

귀신이 존재하지 않는다는 어머니의 증명법

1. 니 할아버지 귀신이 있었다면
2. 너를 이런 꼬락서니로 살게 놔뒀겠니?
2-1. 니가 이런 꼬락서니로 사는 게
1-1. 귀신이 없다는 증거다.

3. 자로子路가 어머니에게 물었다
“그럼 누구에게 그렇게 치성致誠을 드립니까?”

“다 너 잘되라고 하는 일이다.”

그리운 적막

즐거워 보이지 않니?
즐거워 보이지?
(……)
울지 마

알 수 없는 곳에서부터 노래가 난다

#1. 히잡을 쓰고 군 야전 상의를 입은 팔레스타인 여학생이 학생회관에서 아메리카노 커피를 들고 가다가 멈춰서 텔레비전 뉴스를 보고 있다

#2. 노오란 우산을 든 여자가 지나갔다

작은 새가
소나무에서 감나무로
감나무에서 목련나무로
목련나무에서 자작나무로
휘—청, 날아갔다
짧게 존재했다 사라지는

서늘한 적막

아카시아나무네
아니, 자귀야
잎이 넓은데?
꽃을 봤거든

#3. 환영과 행사가 없는 축제
가쓰라 리큐의 정원에서

이제 모든 어머니는 아프다

나는,
(……)
어느 여름
뜨거운 바위에 널린 해파리처럼
다 왔다고 생각했고
그래서 거기가
끝이 되었다

인간은 외로울 수 없는 존재다
(그것은 신의 감정이니까)
우리는 먹고 마시고 떠들고
그리고
기억을 잃고, 다시 시작하러
나갔다

위태로운 바다로
종이배를 타고
노 젓는 노도 없이
노 젓는 노도 없이

꽃은 나중의 일이겠지요

삼치를 굽다가 잠깐
연을 돌보러 나간 사이에
맛있는 껍질이 다 타버렸네
옆집 여자가 물어보길래
싹이 나오기 좋게 씨를 갈아서
물에 담가 싹을 틔워 분을 만들고

옮겨 심어 잎을 피운 얘기를
했을 뿐이지
여자가 웃으며
꽃을 보겠습니다, 하길래
꽃은 내년에나 볼 수 있답니다
하고는 헤어졌는데
생긋 웃는 예쁜 보조개
아름다운 눈이 맑기도 하여라*
누구였을까?

북쪽의 여자는 이 집을 지을 때
민원을 열두 번이나 넣어 시비를 걸었고

서쪽의 여자는 자기 집을 지을 때
복수하지 않겠다는 각서를 쓰게 한
악녀들인데
어디서 저런 희고 검은 여자가 왔을까
생각하는데,

수반 주둥이에 앉은 까치가
물 한 모금을 마시고는
다시
날아갔지
삼치를 굽다가 잠깐
연을 돌보러 나간 사이에 있었던
아득한 일

역시
꽃은 나중의 일이겠지요?

* 巧笑倩兮/美目盼兮 —『詩經』의 「衛風」 중 〈碩人〉에서.

흰, 화진포, 숭어, 해당화, 그다음

숭어가 올라오고 있습니다 사랑하기 좋은 때죠 은하수를 가로지르는 백조의 날개가 타오르고 태양은 눈부신 백사장 위로 높습니다 흰 강물을 사이에 두고 거문고자리와 독수리자리가 반짝이고 있습니다 늙은 어부의 손에서 펼쳐진 그물은 황도를 뒤덮고, 작열하는 햇빛은 우리의 알몸을 구릿빛으로 물들입니다

님은 홀로 있나 봅니다

흐르는 강물처럼

저수지에 잠긴 버드나무처럼

어디에 계시든지 그대는 하늘처럼 막막할까마는,

맛있는 숭어를 잡아서, 그 고운 빛을 노래하는 숭어를 잡아서 말입니다 적송으로 저무는 저녁입니다 바다가 보이는 이 호수에는 당신과 나, 물새 몇뿐입니다 해당화는 아직 피지 안 했습니다

이 민물호수는 듣습니다

쩡!

눈이 내리고 있습니다 내리는 눈은 움직이지 않고 있는 것들을 꼼꼼히 보여줍니다 가만히 들어보면 우리의 입술을, 숨을, 눈동자를, 그렇게 우리는 흰 얼음 호수처

럼, 얼어버린 모래처럼, 파도가 지우는 문장을 외우고 있었습니다

당신이 보내준 이불을 이고

이 문장들을 외우며 나는

덮쳐오는 파도를 하나씩 열며

해협의 지도를 따라 차가운 바다로 걸어 들어갑니다 내 발자국마다 핀 해당화가 내 기다림의 눈물이라는 것을 당신은 알지 못할 것입니다 나는 그렇게 오랜 적막입니다 귀가 닫힌 흐름— 그러게요, 나는 그 물결에 흔들리고 있는 나중의 해당화입니다 그렇다면 내 한 걸음마다 그 어둠의 흰 얼굴 보여주세요 보여주세요

(언제나 그다음을, 그다음에)

夢
— 그러겠습니다

봄은 訃告로부터 온다
피피티 피피티
가서 절하고
국밥 한 그릇 말아 먹고 돌아서서
추운 봄 바다에 편지를 넣는다
게 앉아 있던 바위가
죽음에 대한 긴 얘기를 시작할 때
파도는 病色의 꽃을 이고
운다

몇몇을 아프게 하고
몇몇은 죽이고
봄은 온다
피피티 피피티 귀여운 새야
이제 그만 노래하렴

아름다워서 슬픔이 되는
어리석기에 꿈길 같은가?
色의 病 때문에

피피티 피피티
피피티 피피티
그날이 얼마나 즐거웠는지
그날이 얼마나 즐거웠는지

가시, 혹은 낚시

내 목 안에 든 가시는
나를 아름답게 위협한다
도미, 아니면 자리?
가시가 아니라 낚시인지도 모른다
무엇을 잘못 삼킨 것일까?
노래여,

한 칼끝의
바깥이 겨누고 있는
안쪽
나는 항상 첨단尖端을 두려워했다
아슬아슬도 아닌
위태위태도 아닌
보이지 않는 적과 춤추고 있는
익숙한 이물감
가시, 혹은 낚시 — 하여, 나의 말은
　　　　　　　　회의가 아니라
　　　　　　　　통찰이 아니라
　　　　　　　　부정이 아니라

첨단이기 때문인지도 모른다
누구일까?
내가 거절했던 제안들을 떠올린다

영혼이 아닌 목숨을 요구했던 치명적인 거래
한 여자로부터의 마지막 청혼
뜻하지 않게 받았던 그 영수증을 읽는 즐거움

할 수 없는 것은 오직
알 수 없는 것일 뿐이다
그래서 노래여,
나는 끝에 대한 두려움과 설렘으로
다시 떨면서
내 목 안에서
나를 겨누고 있는
날을 밟고 서 있다
가시, 혹은 낚시 — 비윤리적인 도덕의 이름은 운명이다
(나는 어떻게 될 것인가?)

어젯밤 나는 안개의 사주를 받았다

나는 쓰레기다
이것이 내 끝場이다
나는 끝났다
누이는 살아 있을까
누이가 죽었으면 어떡하나
어젯밤 나는 누군가에게
당신은 끝났어,라고 말했다
저주였고
사실은 기억나지 않는다
누이가 사라졌다
어금니가 쪼개져 나가고
찻잔이 깨져 손끝을 베이는 일이 있었다
모든 게 안개 때문이었지만
사실 그날 안개는 없었다
(그런 날은 따로 있었다)
그 어느 날
안개가 그 도시의 뒷골목을 일일이 스미며 누추한 대문을 두드리고 다니던 날
우리는 흰 사슬에 끌려가듯 미쳐서

그 강가에 몰려들곤 했다
그렇게 어느새 끝에 와 있고는 했다
겨우
거기서 살아남아 나는 울었다 — 다시는, 불러
돌려세울 수 없는 내 어느 한 시절의 뒷모습을
보아버렸기 때문이었지
그 안개의 온도를 기억한다
누이는 그 안개 속에 있었을까
안개 속에서 전화가 왔지만
사실은 기억나지 않는다
술을 너무 많이 마셨다
술을 마시고 끊긴 기억들을 다 연결하면
아마 십오 년 동안의 영상이 흘러갈 것이다
그 흑백필름 속에 누이의 행방이 있을지도 몰랐다
어젯밤 나는 누군가에게
당신은 끝났어,라고 말했다
폭언이었고
사실은 기억나지 않는다
(너무 많이 마셨다)

모든 것이 지나갈 것인가
아니, 버려진 채로 쌓여 있다
지금, 쓰레기는 썩지 않는다
이어지지 않는 기억 속에서
누군가의 실종 소식이 가끔 들려오곤 했다
나는 그 혐의 속에 언제나
나를 두고 보는 버릇이 있다
어젯밤 나는 안개의 사주를 받았다
사실은 기억나지 않는다

2. 라피스라줄리

라피스라줄리

끝없는 하늘이여!
십칠 년間의 유폐

그 아래로
經典을 짊어진 젊은 파계승
쿠차의 王子

오아시스를 건너
물의 도시에

라피스라줄리

끝없는 하늘이여!

출렁이는 춤 위에서
—그럴 수 없었다면 우린 어떻게 되었을까?

불러보라, 이름은 슬프다
우리가 사랑했던 날들이 그 날처럼 영롱해서
밥 먹듯이 등 돌린 날들이 그 찬처럼 누추해서

기울어진 담벼락에 적힌 고백을 더듬으며 가는
이름은, 슬픔은

거친 흙을 부여잡고 놓지 않는 간절한 뿌리처럼
한 걸음이 천근만근이고, 한 숨마다 천년만년이다

누가 너의 이름을 부른다
한밤중에 누가 부르는 이름이여,
나는 그 부름에 응답하기 전에 먼저
이끌려 문을 열고 나가본다
아무도 없다

텅 빈 마당이여, 달빛이 고여 바닥까지 환하게 깊고 깊구나
나는 빈 들의 이정표 위에 앉아

낮부엉이처럼 두리번거린다
좌우가 더 어두워지는 새벽이다

아무것도 없는 이름, 도무지 어디에도 있지 않은 세계
우리는 분명 텅 빈 춤일 출렁이는 물결 위에서
눈에 보이지 않게 떨고 있는 작은 빛
혹은 그 빛의 한 떨림

불러보라, 사랑이 무엇이었는지
텅 빈 그리움의 영롱함
텅 빈 열정의 누추

그러면 불러보라, 죽음이 무엇인지
텅 빈 사랑의 안쪽
그럼에도 텅 빈 사랑의 무한
그래서 한계가 없는 죽음인
다시 텅 빈 노래여, 불러보라

아무도 듣지 못하는 노래를, 노래는 노래한다

들어보라, 그 노래를 따라 시간은 넘어간다
그 춤의 찢어짐에서 너는 홀로 상처를 깁고 있다
어떻게 그럴 수 있었니?
어떻게 그럴 수 있었니?

너는 간절하게 묻지만, 어디서부터도 없고 어떻게 된 것도 없이
슬픔은 이미 한 방울 눈물 안에서 자라
무성한 나무가 되어
이름을 알 수 없는 나무가 되어
어느새 찢어진 춤의 표면을 온전하게 하고 있는
(그럴 수 있다는 억울함이여!)
(그럴 수 없었다면 우리는 어떻게 되었을까?)
괜찮았니? 어떻게 그럴 수 있었니? 고통은 없었니? 정말,
울다 잠든 밤은 없었니?

……다행이다,라고 불러보라
우수수 지는 가을 낙엽처럼 일제히 열려버리는 울음들

다행이다, 다행이다, 다행이다
너의 이름을 부를 때마다
한밤중에 문밖에서 부르는 소리
얘야, 그 부름에 응답해서는 안 된단다
왜요 어머니?
그건 너의 혼을 부르는 소리야
나는 누에나방에게 입을 내주고
그 소리를 따라갔지

울며 울며
그 길은 몸이 갈 수는 없어서
그 강은 배로 건널 수도 없어서
그 산은 날개로도 넘을 수 없어서
텅 빈 몸에
텅 빈 강에
텅 빈 산에
텅 빈 이름을 부르며 두드렸지

그건 누가 너의 혼을 부르는 소리야

나는 누에나방에게 입을 맞추고
그 이름을 따라갔지
너와 거울 속의 너가 바뀌치기 되어
거울 속의 너가 거울 속에 너를 가두고
돌이 되어버린 황금을 들고 부끄러워하는
이가 우수수 빠져버리는
시간이 존재하지 않는 바다로

우리는 매일 밤 그 바다를 항해하지
어리둥절해하며 먼저 가버린 부름을 찾아
지금도 들려오는 너의 이름을 찾아
불러보라, 이름은 슬프다

아직 누워 있는 새벽의 강이여
일으켜 세워보라, 몸은 슬프다

꿈을 벗고 나온 몸이 꿈이라서 다행이라고 말한다
나는 그 슬픔을 마주하여 다행이라고 말한다
외로움과 증오와 사랑과 욕정과 연민이

다 같이 비참해서

하나같이 숭고해서

출렁이는 물결 위에 앉아 그 깊이를 모르니

다행이다

다행이다

하얀 혼

시베리아의 자작나무는
내리는 비처럼 서 있다
모여 있으면서도 고고함을 잃지 않고
먼 산 침엽수림 지대에 줄지어서도
하얀 혼—,
그 산의 영혼처럼 신비롭다
해 뜨는 쪽으로 타이가를 적시며 흐르는
은청색으로 빛나던 저물녘의 강들이
지금, 일제히 황금색으로 사위어간다
매일 밤 북두칠성을 바라보며 해 지는 쪽으로 잠들었다
그리고 나는 시베리아의 북쪽 방에 와 있다
칠이 벗겨진 창에는
아직 말하지 않은 변심처럼 한 그루
새하얀 나무가 노오란 잎을 달고
비를 맞고 서 있다
나와 자작나무는, 망해버린 혁명의 나라에서
한 잎 한 잎 계절을 복기하며
뜨거웠던 한때의 깃발들을 떨구는 중이다
거리의 낡은 기념 조각물은

'공산쥬의로분투하다가젼사한동무들의게'

바쳐진 대로

나는 실패한 독립국가의 사람

헤이허에서 오호츠크해까지, 그 무엇을 위해서가 아닌 공산주의자가 되어, 무정부주의자가 되어, 총을 든 유학자가 되어 둘러앉아

자작나무를 태워 야영을 준비하는 흑룡강 가

(이 어두운 문의 나라)

여기에선 아무르라고

수상하다, 수상하다—낙우송 단풍은 금빛으로 물들어 가고

나는 나하고는 없는 사람

수많은 강을 건너, 수많은 국경을 넘어

고고하지도 신비하지도 않은

나는 나하고는 없는 사람

초원의 여우는

여기저기 사냥감의 굴을 뒤지며 무엇을 잊었는지

자주 뒤돌아본다

나는 습지에 잠긴 하늘 앞에서 무릎을 꿇고

내 실 날 같은 목을 넣어보고 싶은
여기서는 오직 나와 하늘뿐
　　　　　　　나와 하늘뿐
오늘은 첫눈이 내려, 나와 자작나무는
내가 살던 곳에서는 본 적이 없는
북해로 흐르는 강가에 앉아 눈 내리는 하구를 생각하며

왜 음식이 담기지도 않은 냄비의 바깥을 씻느냐고 묻던, 브리야트인과 중국인 들, 그리고 변기에 좌대도 없는, 드나드는 문이 유난히 어두운 이 나라의 관습을 떠올려 보았다

아무래도 생활은 습관이 아닌 모양이다
그것은 모국어 같은 것
저버린 모국어 같은 것
이 북쪽 방에는
먼저 살던 몽골인이 종이를 오려
천장 가득 별을 달아놓은
나와 자작나무는 신성한 호수
얼음 호수에
고요하게 내리는 눈처럼 귀를 대고

소금을 얻기 위해
유목의 짐을 지고 다니는 순록의 고행과
속이 빈 나무에서 잠을 자는 시베리아 곰의
꿈 이야기를 들었다
그건 죽음의 이야기
그 사람은 나하고는 없는 사람
어르신, 모시러 왔습니다
사냥꾼이 곰을 부르는 소리
그 사람은 나하고는 없는 사람
그래선지
나는 가끔 너무 흰 슬라브 여자와
침대에 나란히 누워
초원의 별을 바라보곤 했다
나와 자작나무와 여우와 곰과 사냥꾼은
얼음 호수에 앉아
아무하고도 없는 나무가 되어
아무하고도 없는 여우가 되어
아무하고도 없는 곰이 되어
그 옛날 물고기의 숨이

방울방울 얼음으로 결정된, 가장 차가운 모국어를 찾아
이 신성한 호수의 전설을 알게 되었다
그건 죽음의 이야기
하얀 혼, 나는 그런 사람
아무하고도
그 무엇과도 연결되지 않는
나는 나하고는 없는 사람이다
하얀 혼—자작나무여,

푸른 호수 위에
흰 섬 하나

밖에는 눈보라가 몰아쳐
먼 옛날 이야기처럼 나무 문짝이 덜컹이고
날리는 눈이 귀신의 차가운 숨소리같이 싸르라기 창을 두드려
나는 아무도 나다니지 않는 길에서
누가 소리 죽여 웃는 소리를 듣고 창 앞에 서 있다
웃음소리는 아직도 귀에 멍멍한데
소나무 판자로 이은 담벼락들 사이로
바람이 쌓인 눈을 돌리고 다닐 뿐
인적이라고는 없고, 굶주린 개 한 마리 어슬렁대지 않는다
휘어진 자작나무처럼
추워서 허리가 부러질 것 같으면서도
나는 창 앞에서 쉽게 떨어질 줄을 모른다
왜냐하면
모든 게 그리운 밤이 올 것이다
기쁨과 슬픔이야
어쩔 수 없었던 것들과, 할 수 없었던 것들
백옥같이 환하게 웃던—, 흐르면서 가만히 있고

가만히 있으면서 흘러가는
하얀 발자국 소리
하얀 발자국 소리
곧 이 얼음 호수의 눈보라를 끌며 네가 들어올
저 문이 내 귀가 되어 떨고 있을
우리는 해와 달이 될 오누이처럼 구차하게 하늘에 빌지 말고
맷돌을 굴릴 오누이처럼 차라리 요행을 바라자
어떤 맷돌은 아직도 푸른 바다 밑에서 돌고 있어
넙치며, 오징어며, 명태며, 도다리며, 온갖 것을 기른다더라,마는
어쩌다 나는 하얀 산같이
하얗게 핀 들판같이
흰 바위같이
기다리는 사람이 되었다
태양의 흑점을 살피다 눈이 먼 천문가는
그래서 기하학자가 되었다
불을 모시던 어느 사제는
화재가 나자 신전과 함께 재가 되었다

사람들은 신성모독에 분노했다
나는 수數의 기쁨도,
신성을 더럽히지도 못해서
기다리는 사람이 되었다
흐르면서 가만히 있는
누가 이 추위에 부러 문을 닫지 않은 모양이다
열렸다 닫히고 열렸다 닫히는 하얗게 지새우는 소리
밤이 아니면 너는 돌아오지 않을 것이다
꼭 이런 밤에 나는 하얗게 눈멀고
꼭 이런 밤에 나는 하얀 재가 되어
무너져
삼백육십 명의 거인들이
바이칼 푸른 호수에 빙 둘러
백발을 감고 있는
하얀 혼—, 끝없이 내릴 흰 눈이 내린다
호수 위에 섬 하나로
섬 하나도,
호수 위에 내리는 눈처럼 잠깐 있다,
사라질 것 같은

오늘은 먼 옛날 이야기처럼
눈이 내리고

섬 하나도
호수 위에 내리는
눈처럼

눈먼 나무 이야기

하얀 호수가 보이는 타이가의 숲에서
자작나무와 소나무가 살았습니다

하얀 호수에는 아무것도 비출 수가 없어서
자작나무는 온몸을 떨어 音을 찾았고
소나무는 상처를 향기로 만들었습니다

자작나무는 소나무의 향기가 좋았습니다
소나무는 자작나무의 노래가 좋았습니다

바람이 불 때마다 소나무는 향기로 시를 지었고
바람이 불 때마다 자작나무는 몸을 흔들어 노래했습니다

날이 갈수록 자작나무는 향기로운 시에 눈멀고
날이 갈수록 소나무는 아름다운 노래에 눈멀었습니다

자작나무의 노래는 소나무를 하얀 호수로 데려가주었습니다

소나무의 향기는 자작나무의 뿌리를 만져주었습니다

향기가 짙어지고 노래가 다정할수록
소나무와 자작나무는 하얗게
하얗게 눈멀어갔습니다

아무도 찾지 않는 타이가의 숲에서
서로가 있는 아주 먼 곳을 짐작하며

눈먼 나무 둘이
행복하게 살았습니다

시베리아 블루

—나는 얼음으로 만든 배를 타고
죽은 자들의 섬
푸른 유리섬으로 들어가네

그 눈동자에 펼쳐지는 저녁
아무도 모르는 저녁이 오고
헤엄쳐 들어갈수록 오래전부터
내 미쳐 살던 곳 같은
얼어붙은 호수의 밑바닥에서 바라본
푸른 눈동자
다시 눈이 내린다

—차가운 강물 위를 흘러가는
　얼음으로 만든 배를 타고

푸르고, 투명하고, 흐리고, 먼 곳 같은
눈동자 눈동자를 향해하는
두 번 맞이할 것 같지 않은 저녁을 영원히 저물게 하는
시베리아의 들로, 강으로, 숲으로, 회색 까마귀의 머리

위로

다시 눈이 내린다

내리는 눈을 올려다보며 긴 속눈썹으로 한번 한국어로 눈— 소리 내어 읽어보고 가만히 눈을 감고 웃던, 나스짜, 라리샤, 마샤, 아니따, 푸른 눈동자여, 시베리아의 소녀들아

눈처럼 하얘서 나는 옆에 있는 자작나무를 올려다보았다

눈 한 송이가 인중에 떨어진다 어머니를 불같이 했던 내 요절의 운명은 그래서 한 발짝 물러났지만

그때

그 옛날 먼 우물에 비친

어린 날의 그림자는

푸른 눈동자 눈동자 속에

아무도 찾지 못하는 깊이에서

다시 내리는 눈을 맞고 있을

—날은 저무는데 웬일일까? 새들이 눈으로 만든 다리 위에서 떼 지어 날기를 멈추지 않네

나의 돛에도 수상한 바람이 왔다
타이가의 저녁을 물들이는 푸르름

돛에 스미어
우물 속에, 먼 우물 아래로 그 저녁이 온다
(아 누가 다시 또 부르는 소리)
아무도 들여다본 적이 없어서
아무도 들여다볼 수 없어서
내가 혼자 잠든 사이
빈 두레박만이, 영원히 길어 올릴 수 없는 어둠을
더듬대다가 나가버리는
잘 모르는 슬픔의 색

푸른 눈동자 — 나를 그 저녁으로 불러
다시 그 모퉁이에 서 있게 하는
잠시 후엔
웬 노파가 물고기처럼 걸어와
손금을 펴 내 운명의 결핍을 읽어낼

아주 오래전부터
내가 미쳐서 살던 곳 같은
—나는 얼음으로 만든 배를 타고
    죽음의 섬
    푸른 유리섬으로 들어가네

신비음으로; Anahata*

한 여자와 나는 서로 사랑해서
새처럼, 높은 겨울나무 가지 위에 앉아
사슴처럼 아름다운 관을 쓰고
낮은 휘파람을 불어서
열두 개의 작은 무덤을
꽃잎의 빛으로
덮어주었지

한 여자와 나는 서로 사랑해서
내리는 눈의
눈부신 여섯 개의 모서리에 앉아
추운 바람에게 불러주고
높은 굴뚝에게 들려주고
낮은 구름에게 건네주고
하얀 혼이 되어
하얀 혼으로 사랑해서

서로 사랑해서
한 여자와 나는

한 여자 나는

가　　이

되고　　　　되어

서로 마주치지 않아도 울리는

(두근거리는)

신비음으로; 황금빛 삼각형의

가운데서

아나하타

아나하타

빛나네

하얀 혼

한 여자와 내가 서로 사랑해서

* 선가에서 "한 손바닥이 내는 소리를 들을 수 있느냐?"라고 할 때, 무엇과도 부딪치지 않고 나는 소리다.

못 돌아오는

나는 저 큰물 기슭이 좋아서
저 큰물 기슭으로 가 보았습니다
혼자 저 큰물 기슭에서 저 큰물 기슭으로
홀로 저 큰물 기슭에서 저 큰물 기슭으로

나는 저 큰물 기슭이 썩 좋아서
저 큰물 기슭으로 좀 나가 보았습니다
혼자 저 큰물 기슭에서 저 큰물 기슭으로
홀로 저 큰물 기슭에서 저 큰물 기슭으로

나는 저 큰물 기슭이 참 좋아서
저 큰물 기슭으로 더 나가 보았습니다
혼자 저 큰물 기슭에서 저 큰물 기슭으로
홀로 저 큰물 기슭에서 저 큰물 기슭으로

나는 저 큰물 기슭이 좋아
보였습니다

넌 자유야

버클리 촌 동네에서
유칼립투스 나무와 살았네
쨍쨍한 빛과
서늘한 그늘
일 년 내내 꽃들이 피어
서럽지도 않고
아쉽지도 않았네
스컹크가 방귀를 뀌며
길 한가운데서
행패를 부리던 곳
해진 신발을 신고
벼랑 끝에서 바다 너머로
저녁 해를 보냈지
(너의 아침을 위해)
엘 세리토 개울을 따라
앵두나무가 피어 있네
세 줄만 남은 기타로
절정을 연주하던
지하도의 젊은 악사

어젯밤 누군가에게 얻어맞았는지
입술은 터지고, 눈은 멍투성이
아버지, 저는 정말 말썽꾸러기였어요
노래가 울고 있네
길을 걷다 누워 안아본
소살리토 언덕의 별
free way
걸어서는 안 되는 길
그 길을 걷다
경찰차를 탔지
나는 물었네 누구를,
무엇을 위한 자유냐고
약에 취해 쓰러져 잠든 그 사람의 꿈일까?
그가 기댄 벽에 그려진
기억의 강을 펼치는
천녀들, free way
버클리 촌 동네에서
유칼립투스 나무와 살았네
세리토 개울을 따라

앵두나무가 피어 있네
모든 아름다움이 굽이굽이 펼쳐져
서럽지도,
아쉽지도 않았네

중국인 무덤

낯선 땅에서 잠들었네
광둥 사람 장 씨의 무덤
한없이 느린 삶과
한없이 느린 죽음이
　　　　느릿
　　　　느릿 걸어오고 있다
북태평양의 한류를 타고 금문교를 넘어
천사의 섬; 이민자 수용소로

너무 가까운 경멸이
너무 가까운 모욕이

더러운 몸에 붙어 있다
(색동저고리)
혼자서 껍질을 벗고 있는
유칼립투스 나무 동산으로
헤이트 애슈베리의 발코니로
툭—, 잊을 만하면 숲을 울리며 무너지는
어두운 밤에 혼자 일어나

단둘이 마주하던 사슴과 나 — 그 우아한
걸음걸이로 유칼립투스 동산에 나

(생일에 입으려고 색동저고리)
해가 지는 만灣 쪽으로 높이 매달린 그네에
어둠에 밀려 혼자 끄덕이던 그네에
천사의 섬 — 슬프고 괴로운 생은 언제 끝나나
중국인 이민자의 시가 적혀 있던 수용소의 벽
텔레그래프 거리에서 길을 묻던 러시아 소년아
미안하구나 나는 러시아 말도 모르고, 미어도 모른단다
나는 조선어를 쓰는 사람, 색동저고리가 아픈
조선어로 말하는 사람

한없이 느린 삶과
한없이 느린 죽음이
화물선 밑바닥에서 똥과 오줌이 되어
너무 가까운 경멸과
너무 가까운 모욕이
내 모국어에 붙어 있는

(좋은 날 입으라고 색동저고리)
사랑하는 기분으로,
기타로 말해봐—, 어느 발코니에서 음악이 연주되고
거리에는 히피들이 대마초를 물고 어슬렁거리며 모여드는
태도를 잃어 누추한
시효가 끝난 정신들은 더럽구나
언니를 사랑하는 누나와
형님을 사랑하는 아우가
발가벗고 무지개 깃발을 흔들며 지나가는
몸에 깃든 운명이여, 부디 아름다워라

(땀땀이 잘 살라고 색동저고리)
작은 두 개의 개울 사이에
삼 층에는 이란인 남편과 일본인 아내가, 이 층에는 프랑스인 남편과 그리스인 아내 사이에 요정 같은 딸이, 그리고 일 층에는 해진 신발을 신은
내가 살던
유칼립투스 동산의 해 뜨는 언덕에

사람들은 여기를 제각기 불러
라틴계는 ‘알바니’
인도계는 ‘오바니’
색슨계는 ‘얼베니’
한 음절에 하나의 음가를 가진 조선어 사용자인 나는
이게 다 무슨 소린지 그저 모욕이고, 치욕스러워
한 키가 넘는 껍질을 저 혼자 벗고 있는
유칼립투스 나무 곁에서 움직이지 못해
끝내 저 만灣을 건너오지 못하는
북태평양의 아침 안개처럼
한없이 느리게,
삶과 죽음의 빗장을
열었다 닫아보는 것이다
무엇이
열리고 닫힌 줄 모르면서

타지 않는 혀

울음,
누구에게는
노래의 처음이었던

그래서 그의 노래는
그렇게 슬펐는지 모르지만

나에게는 詩

그다음에 슬픔
그리고 울음

나의 詩는

어쩐지 슬픔 앞에 있고
어찌해 울음 뒤에 있는지

누가
내 입안 가득 넣어준

한 줌의 씨앗

결국,
내 몸을 먹고 자라
타지 않을 혀

집으로 가자
—승가이에게

아무도 돌아오는 이 없는 곳에서는
아직 떠나지 않은 사람이 살고 있다
호박빛 술이 잔에 넘치듯
착한 소처럼 해가 지기를 기다렸지
황혼의 저녁이 오면
느린 곡조를 불러 집으로 돌아갈 수 있을까?

모두, 돌아가야 할 저녁이 있었지
그 노을 속으로
집으로 가자

잎도 없이 꽃만 붉어
저 들판에 홀로 있는 나무
거대한 그늘이 어둠으로 변할 때
와이탄의 불빛은 왜 휘황해
어른대는 물빛처럼, 어렴풋해지던 마음들

녹는 얼음이 투명한 잔에서 뒤척이는 소리
기차는 빈 채로 떠나고

주방에서는 누가 울고 있을까?
피피의 고향은 물 많기로 소문난 고장
치치의 고향은 산밖에 없다고

고단한 하루 일과를 마치고
농민공들이 빈 도시락을 들고 돌아가는 황혼
(집에 가고 싶어, 착한 소처럼)

바간은 곧 사막으로 변하겠지
저 수백만 개의 탑들이 다시 모래에 묻히면
다시 내가
그 얼굴을 찾을 수 있을까?
깊은 시름에 잠긴 얼굴
집으로 가자—수천 개의 종이 울리는 사원을 지나
수백만 개의 얼굴을 지나
착한 소처럼, 착한 소처럼

잘 살고 있겠지, 농부의 딸들아
고향의 별들을 그리며 술을 따르던, 아름다운 아가씨

들아

밤의 유민들아—, 이제야 알겠네
우리 같이 부르던 노래가 그날이 되어
물가의 오후가 되어, 추억의 동산이 되어
깊은 상념으로 내 눈물 짓게 하는 것을
착한 소처럼, 착한 소처럼,

집으로 가자

모두 돌아가야 할 저녁은 오고
그 저녁이 오면
그날은, 물가의 오후는, 추억의 동산은,
저마다 돌아가야 할 곳이 있는
노래방 기계 혼자 있는 황혼
아무도 돌아오지 않는 나의 고향

집으로 가자
착한 소처럼, 착한 소처럼

4·16의 목소리/팟개스트/2016. 01. 13.~ 2017. 04. 13.

그게 마지막이었습니다

.

.

.

.

.

(그의 얼굴은

잠시 시간을 잃어버린 듯 멍하게 보였다가 이내 두 무릎

사이로 떨어졌다 그의 굽은 등이 흔들리고 있는 걸

나는 바람에

저물녘의 광장이 한쪽으로 기울어지고 있다고 생각했다

—너무, 는, 의태어였다)

.

.

.

.

.

너무,

너무…… 보고싶어요

팔레스타인, 용산, 세월호 90일

—이런 학살을 지켜봐야 하는가?
나는 어쩌다 전쟁의 시대도 아닌 학살의 시대를 사는가?

가지두부찜

한 시인이 올린 가지두부찜

열무얼갈이김치찌개도 있었지만

가지두부찜

나중에

반 남은 가지두부찜이 올라왔지

열무얼갈이김치찌개도 맛있었으나

……반 남은 가지두부찜

너 내일 와서 먹어봐

반 남은 가지두부찜

저번에…… 병어찜 양념에서

쪽파만 빠진 가지두부찜

반 남은 가지두부찜

너 내일 와서 먹어봐

너 쓰러짐 ㅋㅋ

가지두부찜

반 남은 가지두부찜

너 내일 와서 먹어봐

조용히 너

쓰러짐

(그럴 수 있을까?)

반 남은 가지두부찜

* 유형진 시인의 페이스북 담벼락에서 전체적으로 인용, 변형했다.

외줄

—4·16의 목소리 제15화; 김관홍 잠수사의 49재에 부쳐

—그 안에서 무슨 일이 있었는지
  그것만은 묻지 말아주세요

물의 무덤에 갔었네
가장 아름다운 노래로도 열리지 않는 길

물의 무덤으로 가는 길에는
사랑도 이미 죽음이고
삶도 이미 죽음이고
죽음도 이미 죽음인

—외줄
물의 무덤으로 가는 외줄에는

그날의 생일상과
물에 젖어 나올 아이에게 입힐 새 옷과
주인 잃은 여권의 출국 도장과
살가웠던, 그 짧은 입맞춤
영원했으면 좋았을—, 따뜻했던 포옹

잘 다녀오겠다는 인사가 걸려 있고

(사랑한다는 말과
꼭 그만큼의 못다 한 말들이)

—그 안에서 무슨 일이 있었는지
  그것만은 묻지 말아주세요

물의 무덤에 갔었네
먹의 어둠
빛조차 보이지 않는 칠흑
거기서 모시고 나온 검은 울음들이
손을 내밀어 끌어주네

"누나, 우리 다음 생에서 다시 만나요"

외줄을 타고
가장 밝은 빛을 따라 올라왔지
환한 빛 속에서 두런두런 모여 있는

낯익은 어둠들
인사도 없이
입 없는 어둠들

거긴 어떠냐구요?
잘 지내고 있느냐구?
(그러나)
이곳의 이야기는 이제
거기, 당신들이 해야 하겠네

물의 무덤에 갔었네
가장 아름다운 노래로도 열리지 않는 길
오직
외줄

3. 번직이찍야

알 수 없는 일은
알 수 없는 대로 둬야 한다
비어 있는 것은
텅 비어 있게

멀어지는
별과 별 사이
낭떠러지 위의 산양처럼
홀로
밤하늘을 찢고 있다

왜 그런가?
왜 이런가?
별똥별
알 수 없는 데서 자라
알 수 없는 대로 미쳐가는
우리가

그럴 수 있었다면, 우리는 어떻게 되었을까?

나는 아름답지 않습니다

내 입김에 사라지는
거울 속에서 웃는 얼굴
가장 가까운 사람들에게
이해받지 못하고

온 마음을 다해 사랑하는 너를
온전하게 이해하지도 못하면서

가장 화려한 날이
시들어가는 첫날의 꽃들이여
꽃들이여—, 내가 노래할까?
사랑이 죽음의 경험인
사랑 때문에 서 있는 증오가

모든 피조물의 언어 가운데
가장 불완전한 말로
사랑한다는 말이지

너 때문에 우는 거란 말이야

내가 알아보기 오래전부터
이미 내 안에 있던 너 때문에

나 아닌 모든 것이
처음부터 내 안에 새긴 상상들
운명은 결핍이다
(그렇지 않았다면)
— 그럴 수 있었다면,
우리는 어떻게 되었을까?

솟았다 무너지고, 사라졌다 나타나는
(초월나비) — 누구의 바다도 아닌 바다에서

나는 모든 대상의 거울이고
모든 세계의 밤이다

일본 여자처럼

이를 검게 칠漆하고 詩를 읽었다 — 인간에게는 거부할 수 없는 더러운 냄새가 난다
(자꾸 맡아본다)

나는 어떤 짐승입니까?

초월나비

어제 나는 부채를 잃어버렸다
남쪽 하늘에서 새로운 별자리가 떠오르는 저녁
한가위에는 햅쌀을 팔아서 첩을 샀다네
눈매가 서늘하고 팔다리가 길어서
놀기에 좋았던 여자

단오에는 그 여자를 팔아서 부채를 샀지
깨끗한 손으로 눈꼽을 떼어주던
(부끄러웠지만) 여자의 손길이 시원한 바람으로 불어와 참 좋았지
그 부채를 잃어버렸다
마지막 잔은 그냥 두어야 했다 기어이
별들이 가리키는 쪽으로
영원히 기억되지 않을 돛을
펼치고야 말았기 때문이지
(얼마나 어리석었나)

나는 유리배를 타고 은하수를 흘러가네
—꽃 피고 새잎 나는 어여쁜 날에

어머니, 아버지는 나를 데려가주오—
性을 알 수 없는 작고 늙은 꽃들이
쭈그리고 앉아 부르는
마지막 노래의 아름다움을 나는 보았지
(누가 들어줄까?)

나는 유리배를 타고 은하수를 흘러가네
소용돌이치는 성단을 지나 모든 빛들의 무덤으로

흰 버드나무가 백발을 감는 어느 별의 강가에서
잠시 해진 신을 벗어 지친 발을 씻기도 했지
그 강물에 비친 옛이야기처럼
비행기가 야간 등을 켜고 염소자리를 지나고 있다
문득—, 나는 왜 이럴까?
생각한다

한가위에는 뭐든 팔아서 첩을 사고
단오에는 사랑하는 여자를 팔아서 부채를 샀지
변죽이 딱 스물한 마디로 마음에 들었다네

그 부채를 잃어버렸다

나는 유리배 작은 유리배를 타고
가장 흉한 꿈들이 버려진 별의 무덤을 찾아
무서운 여울과 중력의 파랑을 건너
방금 우연과 필멸을 지나왔다

그때 사수자리에서는 천진하게 별이 지고
나는 그것이 내 운명인 줄도 모르고 소원을 빌었지
얼마나 어리석었나

그런 날이면 차가운 유리바닥에 누워 잠을 밀어낸 적도 있었지
초월나비
나는 나비
어두운 밤하늘을
떼 지어 오르락내리락 나는 나비들
어떤 음도 붙일 수가 없고, 따라갈 수도 없어서
팔랑거리는 춤은 신비음에 맞춰 날아가네

누가 들어줄까?

몸을 잃었으니—고래 고기는 이제 먹지 않으려구요
(그러면 무슨 소용이 있나)
내가 이 노래를 기억할 수 있을까?
다시 만나면 오늘을 떠올리며 너를 알아볼 수 있을까?

나비의 날개로 만든 돛이 우수수 지며
흩어져 날아가버리네
나는 유리배를 타고 은하수를 흘러가네
피곤한 발을 씻었던 강은 이제 찾을 수가 없겠지
나비의 흐름을 헤치며 향유고래가 유영하는
이 어둠에서는

사랑했던 사람도
기억나지 않는 고백도
필사적이었던 변명도

밖은 없고 안만 있는 어둠에 와 있다

먼 옛날 한번 들었던 고래의 울음을 좇아
졸면서 바다를 건너는 어부를 만났지
나는 어제 부채를 잃었어요
그의 꿈을 열고 들어가 들려주었지
초월나비의 기억과
내 유리배의 상처를
꿈;蒙 아니면 없었던 일이었다

그 누구도 상상할 수 없는 곳에 잘 감춰둔 기억
그래서 아무도 찾을 수 없고
어디에도 있을 수없는
초월나비의 기억
그런 일은

얼마나 어리석었나

그것 아니면 아무것도 아니고,
그것 때문이라면 다 괜찮은

나는 바닷가의 아이
찬 미역 같은 지느러미를 달고
아가미 호흡으로 바다 밑 절멸의 골짜기를 헤엄치며
지옥의 불구덩이를 건너간다
어둡고 추웠지만

나는 나를 배웅하던 범고래의 큰 눈이 회의로 감기는 밤을 보냈다네 나는 나를 위해 밝혀주던 초롱아귀의 촉수가 불운을 예고하는 아주 작은 떨림을 눈치채고 있었네 나는 나와 반목하던 돗돔의 작은 몸이 돌아서자마자 영롱한 눈물로 변하는 환멸을 보았지 나도 그와 같이 눈물을 진주로 만들며 한 세상을 열망한 적이 있었다 흐르는 내 눈물이 작은 결정으로 변해 반짝이는 은그릇에 떨어질 때마다 사람들은 그 치욕의 아름다움에 눈멀었다

언제나 지금뿐이라는
이 삶이 무시무시할 뿐이다
나는 바닷가의 아이
내가 그 노래에 기대어 가기로 했을 때
하얀 절벽의 바위는 이를 악물고 나를 외면했고
붉은 소나무는 나를 그 숲에서 내쳤다

그래서
홀로 해변의 바위에 앉아 울고 있을 때
늙은 거북이는 누군가의 발자국이 남아 있는 등을
올리며
모든 예언의 바깥에 있을 나의 운명을 보여주었고
짝짓기를 마친 문어는 어디의 분화구가 폭발할 것을
몰래 알려주고 떠났다
나는 그 노래 때문에 창녀가 되었고
나는 그 노래 때문에 사기꾼이 되었고
나는 그 노래 때문에 도둑이 되었고
나는 그 노래 때문에 살인자가 되었다
그럴수록
나의 진주는 아름다웠고
그럴수록
내 눈물은 더러워졌다
나는 바닷가의 아이
한번 그 노래를 들은 후로는
그것 아니면 아무것도 아니고,
그것 때문이라면 다 괜찮은,

한번 그 노래를 들은 후로
모든 회의가 나의 발걸음이 되고
모든 불운이 나의 숨이 되고
모든 슬픔이 내 앎이 되었다

나는 바닷가의 아이

원래는 넓디넓은 백사장에서 작은 모래알을 헤아리고 철마다 피는 꽃잎을 따 먼 옛날의 우물을 장식하던, 저녁이면 불타는 하늘을 푸른 바다에 꼭 한번 담가보고 싶은, 진주보다 아름다운 눈물을 흘리던 소년이었다네

바다와 나

늘 누워 있기만 하던 바다가
어느 날에는 산처럼 일어나
나를 내려다보고 있을 때

나는 바지 속에 두 손을 넣고
어린 성기를 만지작거리며
참을 수 없는 호기심으로
그 심연을 올려다보았다

너울나비
그 깊은 우물 속을 항해하는
정어리 떼 같은 은빛 울음으로

—나는 영영 알 수 없을 슬픔에
아무것도 무섭지 않았다

한 때

한 때
한 때가 있었다
한 때가 있었던 자리
한 때의 웃음
한 때의 이별
한 때의 오해
한 때의 눈물
한 때의 그 문 앞
한 때가 있었던 자리
한 때의 그 나무 아래서
우리의 사랑은 처량했다
한 때
한 때였기에
우리의 사랑이 이토록
오래 아프게 반짝이는
한 때

길에 당한 유배

먼 빛에 대해서
생각해야 한다
스스로를 소홀히 하지 않기 위해
우리 꿈의 처음을 잃지 않으려고

문득 올려다본
타오르는 별 하나

한 音이 강을 건너고
山들이 달려와 화강 풍화암의 어깨를 낮춰
어두운 호수에 엎드려
물을 마시고 있는

생각은 나지 않지만
언젠가 한번
돌아서서 울음을 삼켰던 것 같은

얼마나 더 걸어야 하나
먼 北쪽으로

더 어두운 숲으로

한 꽃송이를 생각할 때마다
내 안의 영혼이 아니라
한 영혼 안에 살고 있는
우리가

그래서,
어디서 본 듯한 얼굴
깊은 슬픔과 같은
순수한 기쁨인 채

얼마나 더 걸어야 하나
꽃은 하룻밤에 져도
꿈은 영원하네

어느 회의주의자의 굴뚝

한밤 풋감 떨어지는 소리에
한쪽 다리로 이불을 감고 돌아눕는 너의 나선;螺線;裸線
가만히 속눈썹에 내려앉는 한 눈송이

Reimage®는 현재 귀하의 PC 수리 단계로 데이터를 컴파일링하고 있습니다. 이는 귀하의 PC에 즉각적인 영향을 주는 예비 스캔이며 귀하가 경험했던 대부분의 좌절스러운 문제의 원인을 식별합니다.

별일은 없었니?
꿈에서 네가 울고 있는 파경을 보았다

우연이 필연의 궤도를 찾아가는 생명의 지평선 너머
물먹은 눈송이가 던져지듯이 내리던 밤
우리는 어떻게, 같이, 거기에, 있게 되었을까?

아니 땐 굴뚝에서 피어오르는 연기;煙氣;緣起

사사건건事事件件이 사건事件이고 사물事物이고 물건物件이고
우연偶然이 필연必然이고 연기緣起다

한 생명이 꿈꾸는 신 없는 창조

굳이 말하려고 치면, 모든 것이
확률이 아닌,
확률의 빈 구멍에서 불어오는 바람 때문이었다

세발솥 안에서 들끓고 있는 혼돈

미지의 것은 미지의 것을 통해서
모호한 것은 모호한 것을 통해서*

* 연금술의 잘 모르는 것에 대한 이러한 설명의 방식은 18세기에 이르러 계몽주의와 정면으로 부딪히며 쇠퇴해갔다. 당시의 연금술사들은 자신이 다루고 있는 질료의 성질이 무엇인지 몰랐고, 단지 암시적으로 알고 있었을 뿐이었다. 그러나 모든 것이 예측 가능했던 시대를 지나 이제 다시 우리는 이 세계가 그렇게 확실한 것이 아니라는 것을 알고 있다. 신 없는 창조는 미지와 모호의 세계를 설명하는 방법이다.

무한 호텔

무한 호텔은 항상 만원이지
우리는 오늘 밤 사랑을 나눌 침대가 필요했네
우리는 오늘 밤 무한 호텔에서 묵기로 하고
무한 호텔에 가서 방이 있는지 물었지
만원입니다
우리는 만원을 내고 방을 얻었다네
관리인이 건네준 열쇠에는 ∞+1이라는 방 번호가 있었고
우리는 무한 엘리베이터를 타고
오늘 밤 사랑을 나눌 침대로 한없이 다가갔지
방은 어둡고 무안해서
방에 들어간 우리는
서로가 어디에 있는지 찾을 수가 없었어
그때 티브이가 켜지며
경기 북부 지역은 해갈이오—라는 뉴스가 나왔고
감기와 레몬은 일대일대응이죠?
라는 연속극의 대사가 들렸지
우리는 우연히 작은 욕조에서 만날 수밖에 없었어
우리는 서로 욕조에 마주 앉아

일어나는 거품을 후후 불고 놀았고
사라지는 거품들을 애도했지
레몬
응?
“슈팅스타 아이스크림”
그녀가 슈팅스타 아이스크림이라고 말했다

그래서 우리는 사랑을 했지
무한을 셀 수 있는 방법은
그게 유일했으니까

何如의 무대

왜 그 안을 보지 말라 했나?
궁금하여 우리는 어둠상자를 열기로 했고
단지 그런 마음을 일으켰을 뿐인데
우리는 어둠상자 안

內

壺

中

이 되었다

바깥/안은 없단 말인가?
어떻게 우리는 안이면서 바깥에 살게 되었나?
이곳은 처음이지만 와보았던 곳
기쁨이 슬픔을 치유하지 못하고
행이 불행을 극복하지 못하고
즐거움이 우울을 위로하지 못하고
소식이 내일을 열지 못하고
철학이 모순을 이기지 못하고
수학이 유일한 마술이자 종교인
이것과 저것이 얽히고설킨 무대
어둠상자 안－바깥에서 우리는

어둠상자 바깥–안이 궁금했다

두 명의 최면술사가 있었다
그들은 서로에게 최면을 걸기 시작했다

이대로나 그대로니까

낯선 거울에는 낯선 얼굴이 보인다
(누굴까?)—처음 마주하고 서 있다
그 거울은
그때의 얼굴을 기억할까?
청동거울에 서린 긴 한숨이—백내장 수술을 하고 난 어머니는
오랜 잠에서 깬 아가씨처럼 말했다
—어머나, 내가 이렇게 늙었구나
너무 깊은 한숨이 어머니의 청동거울에는
이끼처럼 서려 있었으므로
어머니가 마지막 본 얼굴은
언제 적의 거울이었을까?—첫 아이가 죽었을 때
어린 어머니는, 왠지 좋았다고 한다
죽은—(나의) 형이었을,—아이를 묻고 돌아와 펼친 어머니의 거울에는
두고 온 북관北關의 여울물 소리가
쨍;明—하게 흘러갔다
거울이 부르는 노래에는
언제나 흰서리 내린 그리움이 앉아 있어

오래 듣고 있으면 귀신의 말을 알게 된다고—

낯선 거울에는 낯선 계절이 있다
그 계절을 살게 된 사람은 입이 없어진다
댓잎을 울리는 싸라기눈이나
함박눈이라도 펑펑 내리는 날에는
청동거울을 너무 오래 들여다보면 안 된다
낯선 표정들이
낯선 얼굴들이
눈송이처럼 나려 외로운 귀에 쌓이니까
노래가 되면 안 되니까
이대로나 그대로 되니까

낯선 거울 속에서는 언제나 낯선 말이 들린다
거듭;鏡—나타난다

당신이 행복하다고 말하면

당신이 행복하다고 말하면
나는 불멸이 된다

철도 건널목의 타종 소리 앞에서
가난한 집안의 가장들이 공장에서 돌아온다
한 광신도가, 너희들은 구원을 외면하지 말라고 외친다
죽음으로 스며드는 삶이기에 그렇게 아름다웠나
철도 건널목의 타종 소리 앞에서
선한 가족들이 그들의 잠 속으로 돌아간다
노모의 느슨한 관절을 밟고
기차가 올 것이다
흔들리는 꽃들—한 마리 달팽이가
뭔지 모를 때마다 조금씩 조금씩 꿈속으로 자신을 보내는 중이다
아이들이 소꿉놀이 장난감을 챙겨 이사 간다
(나는 오월의 햇빛 속에 가라앉은 집과 나무 들을 보고 있었지만 그것들은 곧 눈물로 녹아 없어져버릴 것 같았다)
—안에 사람 있습니다

한 번도 해를 본 적이 없다 꿈속에서는
나는 반성하지 않을 것이다
아직 안에 있는 사람도
갚지 못한 빚들도
외면했던 슬픔도
모두 나였다
당신이 행복하다고 말할 때까지
인간의 가능성이 얼마나 지난한 것인지

그 꿈속에서만 나는 불멸이 된다

늦은 점심을 먹는 사람들

흰 것의 뜨거움: 정지된 시간이 문을 연
더운 여름날: 어느 누추함이 제자리를 찾은 듯한
큰길에서도: 밀리고 밀려서 온 중국집 명성각
어서 오라는—인사도 없고
자리를—권하지도 않아
잘못 오지 않았나: 불편하다
어쩐지—우울하게 우물거리는 노부부
왠지—불안하게 씹는 중년의 여자
뭔지—모를 외로움에 젓가락을 놀리는
청년은: 왼손잡이다
(모두 자장면을 먹고 있다)—먹는다는 게 이렇게 슬픈 표정이다
나는 여기: 생의 모든 의미로부터 표류해 온
중국집 명성각에 있다
슬픔으로 배가 부르고: 슬픔으로 힘이 난다
슬픔으로—행복하다니
한 남자가 문을: 밀며 주방에 대고 알은체한다
그렇다고 슬픔의 양이 늘지는 않는다
슬픔엔 양이 없다

(세 명의 남자가 와— 하게 들어왔고
노부부가 일어섰다)

몰랐는데: 혼자인 줄 알았던 중년 여성은 일행이
있었다

무슨 일인지: 주문을 하고 급히 나갔다 왔을 그에게
주인장이: 면이 불었을 거라고 걱정한다

(왼손잡이 청년이 나갔다)

자리는: 새로운 사람들로 채워졌고
아직 빈자리에는: 아직 오지 않은 우울과 불안과 외로움이: 조용히 앉아 있다 늦은 점심을 먹는
사람들은: 혼자다: 혼자이기에 늦은 점심을 먹는다
낡고 누추한 벽에는: 길상여의吉祥如意—아름답고 좋은 일들이
뜻대로 이루어지라고

밖은: 녹아내릴 듯한 여름
길은: 하얗게 달궈져 있다

해변의 당나귀

오늘은 아라크도 다 마셔서, 없어서
아주 오래전부터 이곳에 살았던 불교도들처럼
무릎까지 그늘을 덮고 턱을 괴고 앉아, 일없이
남아 있는 취기로 담장 밖을 지나는 이들에게
인사를 한다

(긴 인생입니다) — 세상이 더 나빠지기 전에
멀지 않을 날에 다가올 전쟁을 예감하며
너무 오래고 느린 평화가—, 우리 뜨거운 피로 새 기록을 적어나가기 전에
인생이 왜—였다는 인사를 하자

누군가 사람의 짐을 지고 괴로워하듯
자유의 짐을 지고 소금밭을 떠나지 못하는 야생이여, 해변에서
왜, 있는 게 있다면,
없는 게 있어야 할까?
생각한다

이날은

북쪽 해변에 앉아

원숭이 장군이 바다에 놓은 징검다리 너머

저기,

남쪽 해변에서

두 바다에 한 손씩 담가

모래를 씻는

오래전— 왜,라는 질문보다는 그리움으로 마주하고 있는

나와 나

(긴 인생입니다)— 꿈이 아니라면, 시간이 어떻게 이 좁은 다리를 건너

취기와 예감을 상징으로 우리의 노래를 건축할 수 있었겠는가?

까닭 없이

꼭 불러야 할 이름인데도

망고나무 우거진 바다로 가는 버스를 몇 차례나 보내

며 우리는
어떤 사건을 기다리는 중이거나, 피하는 중일 것이다
칠 것인가?
아닌가?

바닷가— 마지막 역사로 들어오는 삼등칸 열차처럼
해변의 당나귀는 덜컹덜컹 울고 있다

(어떻게 될 것인가?)

붉은 가지 버드나무—해변의 침대에서 무성하게 자라
마이너스 속도로 다가가면

한 쌍의 살라나무 사이에 북으로 머리를 둔 침대에서
한 마리 사자가 누워 바라보는
—적멸의 수평선 너머

녹이 슨 기타가 노래의 그늘을 만든 자리로
우우우우 꽃과 불이 몰려들고 있다

인간의 길에서 숲의 길로

—그는 처음부터 끝까지
온전히 깨어 있는 사람이었고
그뿐이고, 그게 다였다

번작이끽야燔灼而喫也

누가 죽느냐?
누가 죽겠느냐?
검은 못 속에서 나타난다
태워서 갈라진 대로
어두운 솥 안에서
일어서면 넘어간다
청동거울이 울면
내일은 살겠느냐?
내일은 살겠습니까?
천지 사방에 별들을 흩뿌려
나타난다; 새 길에서
누가 죽느냐?
누가 죽겠느냐?
어두운 물이 일어서고
큰불이 집을 넘어간다
너구리, 살쾡이, 멧돼지, 여우, 곰, 늑대, 호랑이, 고등어,
가재미, 광어, 우럭, 숲속의 짐승들이나, 물을 잊은 것들
혜성이 나타나 천구를 가르고
서천 꽃밭을 흔드는 흉흉한 바람

팔괘를 인 거북이 저절로 나타나니
꽃이여, 별이여
묻는다

누가 죽느냐?
누가 죽겠느냐?

진흙과 연꽃*

김태환
(문학평론가)

1. 기적으로서의 번역

인도 출신 아버지 구마라염과 불교가 융성하던 쿠차의 공주 지바 사이에서 태어난 구마라집은 어려서부터 불경 공부에 천재성을 드러냈고 젊은 나이에 고승의 경지에 이르러 국제적으로 명성을 날렸다. 후진의 황제 요흥의 초청으로 장안에 정착한 뒤로는 산스크리트어로 된 불경을 한문으로 번역하는 일에 진력했다. 그는 임종시에 자신이 번역한 경전에 잘못이 없다면 화장 후에도

* 구마라집은 말년에 강경講經을 하기 전 "나의 강경은 더러운 진흙 속에서 연꽃이 피는 것과 같으니 오직 연꽃만 취하고 더러운 진흙은 취하지 말"라고 당부했다고 한다(공빈, 『구마라집 평전: 한역 불경의 역사를 새로 쓴 푸른 눈의 승려』, 허강 옮김, 부키, 2018 참조).

혀만은 타지 않을 것이라고 유언했는데, 실제 그 유언대로 혀가 타지 않고 남았다고 한다. 그가 머물며 불경을 번역하고 강론하던 장안(시안)의 초당사 구마라집 사리탑에 오늘날까지 그 혀가 보존되어 있다.

경전. 신성한 텍스트. 그것은 신의 말씀이거나, 최고 성인의 말씀이다. 거기에는 신적 진리가 담겨 있다. 신적 진리가 절대적이고 보편적인 것이라면, 신적 진리를 담은 경전에는 그러한 성질과 모순되는 듯한 면이 있다. 경전은 인간의 언어로 되어 있는 한 언제나 보편적으로 통용될 수 없는 특수성의 한계에 갇혀 있다. 그래서 그 언어를 모르는 사람에게는 접근 불가능한 것이다. 경전에 담긴 신적 진리와 그 진리를 표현하는 특수한 언어 사이에는 본질적인 관계가 있는가? 아니면 절대적 진리가 우연히 특수한 인간 언어로 육화되었을 뿐인가? 경전의 언어는 그 자체로 신적이고 특권적인 언어인가? 아니면 바벨탑 붕괴 이후 흩어진 수많은 특수한 언어 가운데 하나일 뿐인가?

성경은 인간이 쓴 것이다. 성경을 쓴 사람들을 저자가 아니라 기자記者라고 하는데, 그 이유는 이들이 성경을 저술한 것이 아니라 성령의 영감을 받아 신의 말씀을 받아 적었기 때문이다. 여기서 다음 두 가지 점을 알 수 있다. 첫째, 신의 말씀은 인간에 의해 인간의 언어로 옮겨져야 했다. 성경의 기자는 신과 인간을 매개한다. 둘째,

신의 말씀을 듣고 옮기는 작업은 인간이 순수하게 자력으로 해낼 수 있는 것이 아니다. 성령의 영감이 신의 말씀을 기록할 수 있게 해준다. 그래서 성경은 비록 특수한 인간의 언어(히브리어)로 되어 있지만 그것은 평범한 인간의 언어가 아니라 신성함이 깃들어 있는 언어, 인간 언어의 특수성과 우연성을 뛰어넘은 신적 언어다.

경전의 언어가 신적이고 특권적인 언어라면, 경전을 다른 언어로 번역할 경우 경전의 특별한 가치가 훼손될 가능성이 있다. 경전이 원저자인 신의 재가를 받은 authorized 1차 번역인 데 반해, 그 경전을 다른 언어로 번역하는 것은 신적 언어를 임의의 인간 언어로 환원하여 범속한 것으로 격하시키는 셈이기 때문이다. 이 때문에 경전의 번역이 정당화되기 위해서는 또 한 번의 기적이 필요하다. 이른바 '70인'의 기적이 그러한 예이다. 72명의 유대 학자들이 히브리어로 된 모세 5경을 72일 동안 각자 그리스어로 번역했는데, 72개의 번역이 한 글자도 어긋남 없이 완벽하게 일치했다는 것이다. 번역 과정에도 성령이 임했기에 가능한 기적이었다.

구마라집의 전설도 경전 번역의 기적을 이야기한다. 구마라집은 두 번의 파계를 저지른 몸이었다. 쿠차를 점령한 여광의 강요로 쿠차 왕의 딸 백라길과 결혼하여 산 것이 첫번째 파계이고, 뒤에 장안에 와서 후진 황제 요흥의 강권을 물리치지 못하고 열 명의 기녀와 함께 산

것이 두번째 파계이다. 계율을 어기고 쾌락에 빠진 몸은 불타 없어졌지만, 부처의 가르침을 전한 그의 혀만은 파괴되지 않았다. 화장 뒤에 혀만 타지 않고 남을 거라는 구마라집의 예언이 실현됨으로써, 그의 불경 번역은 신성한 무오류의 인증을 받는다. 70인 역의 전설과 마찬가지로 타지 않는 혀의 전설은 이차적이고 파생적인 것이 원천으로 승격되는 기적, 신성에서 멀어진 것이 신성으로 끌어올려지는 기적을 이야기한다.

함성호가 「타지 않는 혀」라는 시를 쓸 때 그 혀는 물론 고승의 혀, 불경 번역자의 혀가 아니라 시인의 혀, 시인의 언어langue일 것이다. 그러나 "타지 않는 혀"가 시집 자체의 제목이 되고, 그 서두에 구마라집의 유언이 소개된다면, 함성호가 구마라집과 시인 사이에 일정한 유비 관계를 보고 있다는 것은 분명하다.

시인을 번역가에 비유한다는 것은 어떻게 보면 의외일 수도 있다. 우리가 잘 알다시피 근대 이래 시인이란 존재는 원전의 창조자로서 거의 신에 가까운 위상을 누려왔기 때문이다. 시인은 신처럼 새로운 것, 독창적인 것을 생성하는 자이지, 번역가처럼 원전을 충실히 따르는 자, 또는 원전과의 일치를 추구하는 그림자 같은 존재가 아닌 것이다.

그러나 우리는 방금 기적이 번역에 원전성을 부여할 수도 있다는 것을 보았다. 구마라집의 불경 번역은 그 이전의 수많은 번역을 뛰어넘어, 동아시아 불교의 기초가 되었고, 스스로 원전이 되었다. 일반적으로 번역은 원전을 전달하기 위한 다소간 우연적인 도구에 지나지 않는다. 벤야민이 「번역가의 과업」에서 지적하듯이, 원전의 언어는 영원하지만 번역의 언어는 세월의 흐름과 함께 불가피하게 낡아버리고 만다. 바로 그래서 민음사 세계문학전집의 편집위원들은 "세대마다 문학의 고전은 새로 번역되어야 한다"는 선언을 출간의 변으로 삼은 것이다. 그러나 기적적인 번역, 원전이 된 번역은 이러한 원칙에서 예외가 된다. 성경의 70인 역에서 번역의 진실성과 신성함은 그 무엇으로도 대체될 수 없는 번역 언어 자체에 있다. 기적은 상이한 72인 역자들의 번역이 내용적 일치를 넘어서 자구 하나하나까지 서로 완벽하게 일치한다는 사실에 있다. 모두 비슷한 의미를 전하더라도 한 글자라도 번역들 사이에 어긋남이 있었다면 70인 역의 신성함은 훼손되었을 것이다. 이는 경전 원전의 자구를 함부로 건드릴 수 없는 것과 같다. 전달되는 메시지뿐만 아니라 그 메시지를 나타내는 언어 표현까지도 극도로 중시되는 것은 경전의 언어가 시적 언어와 공유하는 특성인데, 이 특성이 원전으로 승격된 번역에도 그대로 적용된다. 산스크리트어 경전의 고유한 음악성을 살리기 위해 구마라집이 한시의 전통을 연구하고 적합한 시적 표현을 찾기 위해 애쓴 것은 우연이 아니다. 구마라집의 불경 번역도 그 자체 하나의 원전이며 함부로 대체할 수 없는 언어로 이루어져 있다.

이상의 고찰은 구마라집을 시인의 모습에 더 근접시킨다. 불경을 연구하며 종교의 궁극적 진리를 탐구하는 구도자 구마라집은 쉽게 잡을 수 없는 어떤 근원적인 노래, 원초적인 언어 속에서 궁극의 진실과 아름다움을 찾는 시인을 연상시킨다. 구마라집이 그 탐구의 끝에 스스로 완전한 경전을 만듦으로써 진리와 하나가 된다면, 그리하여 타지 않는 신성한 혀가 된다면, 시인 역시 마지막에 스스로 완전한 시를 씀으로써, 그 원초적 노래를 되찾고 구원받을 수 있다. 모든 독창성의 신화에도 불구하고, 시인의 독창적인 창조는 신과 같이 절대적 기원을 창조하는 것일 수 없다. 시인 역시 구도자처럼 어떤 근원적인 것에 대한 동경과 탐구에서 출발한다. 그의 시적인 시도는 그가 동경하는 근원적인 것을 베끼고 번역하는 시도이다. 그리고 그 번역의 시도가 어떤 기적을 통해 스스로 하나의 기원이 된다. 마치 구마라집의 번역이 동아시아 불교 경전의 원전이 된 것처럼. 시인은 원전을 따라가다가 결국 원전을 창조한다.

2. 해진 신과 초월

우리는 시집의 첫머리에서 다음과 같은 「시인의 말」을 발견한다.

> 아무 노래도 생각나지 않을 때
>
> 높고 낮음과 길고 짧음이
> 알 수 없는 말들을 대신하는 때
>
> 나는 해:진 신을 신고 걷는 자다.

"아무 노래도 생각나지 않을 때", 즉 그의 혀가 아무 노래도 하지 못할 때, 감추어진 계시를 예감밖에 하지 못할 때, 시인은 "해:진 신을 신고 걷는"다. 정확히 말하면 뭔가를 찾아 헤매이다 너무 걸어서 신이 해진 것이다. '해진 신'의 맥락은 이미 이전 시집 『키르티무카』(문학과지성사, 2011)에서 비교적 분명하게 제시된 바 있다.

> 현실에서는 불가능하지만 수학적으로는 가능한 것이 있듯이 문학에서만 가능한 사건, 시간과 현상이 있다. 나는 비참한 수식 하나도 가지지 못한 채 늘 그것을 찾아 떠도는 언제나 해진 신발을 신은 자이다.

『키르티무카』, p. 95

문학에서만 가능한 사건은 달리 말하면 "언어에서만 가능한 사건"(같은 쪽)이다. 수학적인 관점에서 순수한 수학 공리들을 통해 현실에 존재하지 않고 존재할 수도 없는 우주가 성립할 수 있다면, 문학에서도 현실 논리에서 독립하여 오직 언어 자체의 원리를 따르는 우주의 가능성이 존재할 것이라고 시인은 추론한다. 그는 더 나아가 그처럼 추상적이고 이상적인 순수 언어-우주의 가능성을 찾으려 한다. 경전의 번역자가 신적 진리를 깨우치고 신적 언어와 일치를 이룬다면, 시인의 과제는 현실을 초월한 순수 언어-우주의 가능성을 발견하고 이를 자신의 언어 속에 구현하는 데 있다. 이를 향한 모색과 추구의 지난함이 "해진 신발"에 담긴 의미일 것이다.

시인이 그리워하며 찾아 떠도는 어떤 이상적인 언어-우주는—시인이 구마라집처럼 종교적 깨달음에 이른 인물과 비교되는 데서도 짐작할 수 있는 것처럼—초월적인 것, 천상적인 것과 통해 있다.

나는 아직도
밤마다 하늘에 나타나는 어두운 길을 바라보며
내가 가야 할 먼 곳을 헤아려보고 있다

—「예키부드 예키나부드」 부분

그리고 그 먼 곳을 향한 동경은 시인으로 하여금 "기어이/별들이 가리키는 쪽으로/영원히 기억되지 않을 돛을/펼치고야 말"게 한다. 그는 "초월나비"의 날개로 만든 돛을 달고 유리배에 올라 은하수를 흘러간다(「초월나비」).

여기서 한 가지 의문이 일어난다. 초월적 추구의 과정이 왜 하필이면 "해진 신"으로 표현되는가? 왜 시인은 수학자가 가진 "비참한 수식"도 없어서 해진 신발로 떠돌아야 하는가? 문학이 순수하게 언어적으로 가능한 우주를 탐색하는 것이라면, 수학자의 "비참한 수식"에 대응하는 시인의 도구는 차라리 '비참한 문법'이 아닐까? 하이데거가 『예술작품의 근원』에서 고흐의 닳아빠진 신발 그림을 두고 고흐 자신의 신발이 아니라 시골 아낙네의 신발을 그린 것이라 단정하고 거기서 고단한 밭일의 자취를 읽어낸 것도 해진 신발과 예술가의 활동 사이에서 좀처럼 의미 있는 연관을 볼 수 없기 때문이 아니겠는가?

그러나 함성호의 시편에서 시인은 거듭하여 해진 신을 신은 자, 지친 발을 가진 자로 나타난다.

해진 신발을 신고
벼랑 끝에서 바다 너머로
저녁 해를 보냈지

—「넌 자유야」 부분

일 층에는 해진 신발을 신은
내가 살던

—「중국인 무덤」 부분

하지만 이 노래를 따라가면
한 발 한 발마다 아프지 않을까?
아픔이 나를 알아볼까?

—「이 노래를 따라가면」 부분

「초월나비」에서 시인은 심지어 유리배를 타고 은하수를 흘러가는 동안에도 해진 신과 지친 발을 끌고 있다.

흰 버드나무가 백발을 감는 어느 별의 강가에서
잠시 해진 신을 벗어 지친 발을 씻기도 했지

—「초월나비」 부분

해진 신을 신고 있다는 것은 시인이 많이 걷는다는 것, 시인이 지상을 떠나지 못한다는 것, 그 지상의 방황을 감당할 만큼의 신발도 가지고 있지 못함을 암시한다. 그래서 시인의 발은 지쳐 있고 아프다.

여기서 해진 신을 신고 아픈 발을 끌면서 어떤 초월적 세계로의 비상을 꿈꾸는 시인이라는 모순적인 형상이 나타난다. 그것은 시인이 어느 시편에서 "나는 이미 쇠락한 시대에 태어나 망해버린 때를 살고 있다"(「염하—, 이백 정거장」)라고 말하는 것처럼 궁핍한 이 시대의 조건에서 유래한 것일 수 있다. 그래서 저녁 무렵 산책에 나선 시인은 호숫가에서 걸음을 멈추고 쪼그려 앉는다.

나는 저무는 호수에서
작은 분수처럼 쪼그리고 앉아
어두운 숲을 생각한다

—「어두운 산책」 부분

시인은 쪼그리고 앉아 무엇을 생각하는가?

사랑이 숲의 전부이던 때를
잎잎이 불의 전부이던 때를
노래를 잃은 새는 생각한다

—같은 시 부분

시인은 사랑의 불로 가득하던 숲, 지금은 존재하지 않는 숲을 생각한다. 사라진 숲을 생각하는 시인은 스스로를 "노래를 잃은 새"라고 부른다. 그 새는 사랑을, 불을, 숲을 그리워한다. 그리고 노래를 되찾고자 한다. 그것이 상승의 욕망으로 표출되는 것은 놀라운 일이 아니다.

아무것도 보이지 않는
저 속에
불쌍한 나의 의자여
이제
일어서자, 작은 분수여

—같은 시 부분

그러나 "작은 분수"는 다시 높이 솟구칠 수 있을까? 바로 이어지는 시 「악양岳陽의 옛 이름은」은 좀더 비관적 정황을 전한다. 여기서 시인은 두보의 시 「등악양루登岳陽樓」로 유명한 악양을 방문하지만 두보와 달리 악양루에 오르지 못한다.

거기에 악양루가 있다 여기에는 도적의 무리가 늘 들끓어 루에 입장하는 시인에게 백삼십 元을 요구한다 비싸서 악양루에 오르지 못한다 不登岳陽樓乎!

—「악양의 옛 이름은」 부분

두보는 악양루에 올라 동정호의 장관을 보고 그 큰 물에 비친 우주(하늘과 땅[乾坤])의 모습에 감격한다. 그러나 이내 전쟁으로 고향에 돌아가지 못한 채 홀로 떠도는 자신의 신세를 생각한다. 두보는 악양루에 올라서 대자연과 우주에 가까워지지만, 그와 극단적으로 대비되는 지상의 비참한 현실에서 자유로워질 수 없음을 역설적으로 실감한다. 그러나 두보 시에서 드러나는 이러한 전형적 선경후정先景後情 구성에도 불구하고, 경景의 강렬함은 이 시를 반대 방향으로 읽도록 유혹한다. 시인은 그 고단한 삶에도 불구하고 악양루에 올라 광활한 하늘과 땅과 물을 노래한 것이다.

반면 두보를 상기하던 시인은 입장료로 130위안을 요구하는 도적 때문에 두보와 같은 우주적 전망의 자리에 오르는 것을 포기한다. 그것은 단순히 시인에게 돈이 없기 때문만은 아닐 것이다. 악양루에 오르는 것, 그리고 이와 연결된 시성詩聖 두보에 대한 기억조차 금전을 갈취하는 도적의 농간에 오염되어버렸다는 인식, 현실을 뛰어넘을 어떤 전망도 불가능해졌다는 생각이 시인으로 하여금 "악양루에 오르지 못하도다"라고 탄식하게 하였을 것이다. 그것은 차라리 오를 악양루가 존재하지 않는다는 발견에 가깝다.

3. 도시의 끝을 찾아가는 비눗방울 여행

「악양의 옛 이름은」이 수직적 상승과 우주적 전망의 획득에 실패한 시인의 모습을 보여준다면, 「이미 끝을 지나온 것 같았지만」에서는 이와 변별성을 지닌 독특

한 시적 위상학이 구성된다. 시인과 그의 동료들은 비눗방울 속에서 도시의 상공을 유영한다. 그들은 노래를 잃은 채 호숫가에 쪼그려 앉은 「어두운 산책」의 시적 자아나 악양루에 입장하지 못한 시인에 비하면 꽤나 높은 곳에 이르렀지만, 그들의 운동 방향은 수직 상승과는 거리가 멀다. 그들은 비눗방울을 통해 "핏줄 속을 흐르는/산소 알갱이 같아진 자동차들"과 "조그맣게 멀어지는 사람들", "도시의 많고 많은 집의 옥탑에 있는/노랗고 푸른 물탱크"를 내려다보며 날아다닌다. "도시의 가장 높은 피뢰침 위" "십자가 위의 피뢰침" 정도가 그들이 도달한 최고의 높이이다. 그들은 날아올랐지만 여전히 더러운 도시의 공기 안에 있고 도시의 비참한 삶과 근접해 있다. "우리"는 더러운 도시의 현실과 비눗방울의 아주 얇은 막만큼만 분리되어 있을 뿐이다. 비눗방울 안의 세계는 시인들이 살고 있는 문학적 세계인 듯하지만, 그것도 바깥 세계 사이에는 근본적인 차이가 없다.

작은 비눗방울 안에는
기타와 너
너저분한 술병과 쓰다 만 시
그리고 무엇보다
죄의식에 사로잡힌 변명들, 그리고
이유 없는 경멸과 분노 같은 것들

우리, 바깥보다 더 더럽게
이 안을 장식하자
우리, 바깥보다 더 더럽게
여기를 장식하자

—「이미 끝을 지나온 것 같았지만」 부분

물론 비눗방울 안에는 늘 아름다운 빛의 무지개가 있기는 하다. 그러나 그 아름다운 빛도 위로가 되지는 못하고, 위로가 된다 한들 아무것도 바꾸지 못한다. 작고 더러운 비눗방울에 겨우 어른거리는, 아무 위로도 되지 못하는 무지개는 이를테면 대홍수 뒤에 신의 약속의 징표로 하늘에 걸린 찬란한 무지개에서 무한히 멀리 떨어져 있다.

시인과 그의 동료들은 위로 날아올라 도시의 오염된 공기를 벗어나서 진정한 천공天空에 도달하는 것은 아예 기대도 하지 않는 듯하다. 그들의 희망은 기껏해야 비눗방울을 타고 산을 넘고 언덕을 넘어 도시의 경계 밖으로 나가는 것 정도이다. 그러나 그것도 쉽지는 않다.

수많은 언덕과 산을 넘어도
도시는 어디가 끝인지 알 수 없었고
심지어 다 거기가 거기 같았지

누군가 울기 시작했어

그들은 "고통과 슬픔, 모순과 부정의 날들에도/계속되는/삶의 비참을 쫓"을 뿐이다. 그래서 그들은 "도시를 떠나지 못하고/그 설운 울음을 묻으며 폐허에 사는" 비둘기들을 떠올리게도 한다(「비둘기는 왜 도시를 떠나지 않는가」, 『56억 7천만 년의 고독』, 문학과지성사, 1992). 그러나 도시의 상공을 쓸쓸히 맴도는 비둘기들과 달리 그들은 분명 떠나고 있다. 기약 없는 불확실한 비눗방울의 항해 속에서, 그래도 그들은 도시의 끝을 찾고, 그 끝을 넘어가려고 하기 때문이다. 그래서 그들 가운데 누군가가 마지막에 다음과 같이 말한다.

우리, 조금만 더 가보자
우리, 조금 더 가보자

이미 끝을 지나온 것 같았지만
우리는 조금 더 가보기로 했지
이미 끝을 지나왔으니까
우리는 끝까지 가보기로 했어

계속 나아가 세계의 끝까지 가는 것, 그 끝을 넘어서는 것에 구원이 있다. 이는 수직 상승 운동이 아니라 수

평적 전진 운동을 통한 구원이며 초월이다. '우리'는 비눗방울 속에서 공중을 유영하면서 앞으로, 앞으로 전진한다. '우리'는 어디가 끝인지, 끝을 이미 지나왔는지조차 알지 못한 채, 세계의 비참함을 견디면서, 오직 끝에 대한 희망만으로 나아가고 있다. 그 전진은 끝없이 더 발전해가는 계몽주의적 진보가 아니다. 그것은 비참함에 비참함이 더해지는 과정이다. 그래서 "비눗방울 안은 정말 더럽게,/더럽게 변해"가는 것이다. 그러면서도 우리는 조금만 더 가보자고 스스로를 재촉해본다.

4. 고통의 순례

기약 없는 길을, 그래도 계속 나아간다는 모티브는 「길에 당한 유배」의 다음 구절에서도 변주되어 나타난다.

> 먼 빛에 대해서
> 생각해야 한다
> 스스로를 소홀히 하지 않기 위해
> 우리 꿈의 처음을 잃지 않으려고
> [……]
> 얼마나 더 걸어야 하나
> 먼 北쪽으로

더 어두운 숲으로

[……]

얼마나 더 걸어야 하나

꽃은 하룻밤에 져도

꿈은 영원하네

여기에서 해진 신발과 지친 발의 의미도 좀더 분명해진다. 해진 신발은 길에 유배당한 자의 신발이며 보이지 않는 끝을 향해, 영원한 꿈을 향해 끝까지 나아가는 자가 겪는 고통의 상징이다. 그 고통은 다음과 같은 시구에서 더욱 극적으로 표현된다.

나는 바닷가의 아이

찬 미역 같은 지느러미를 달고

아가미 호흡으로 바다 밑 절멸의 골짜기를 헤엄치며

지옥의 불구덩이를 건너간다

어둡고 추웠지만

—「그것 아니면 아무것도 아니고,
그것 때문이라면 다 괜찮은」 부분

이어지는 구절들은 길에 유배당한 자의 영원한 꿈이 어떤 근원적인 노래라는 점이 드러난다. 그것은 원천과 기원으로서의 문학이다.

나는 바닷가의 아이
내가 그 노래에 기대어 가기로 했을 때
하얀 절벽의 바위는 이를 악물고 나를 외면했고
붉은 소나무는 나를 그 숲에서 내쳤다
[……]
나는 그 노래 때문에 창녀가 되었고
나는 그 노래 때문에 사기꾼이 되었고
나는 그 노래 때문에 도둑이 되었고
나는 그 노래 때문에 살인자가 되었다
그럴수록 나의 진주는 아름다웠고
그럴수록 내 눈물은 더러워졌다
나는 바닷가의 아이
한번 그 노래를 들은 후로는
그것 아니면 아무것도 아니고,
그것 때문이라면 다 괜찮은,
한번 그 노래를 들은 후로
모든 회의가 나의 발걸음이 되고
모든 불운이 나의 숨이 되고
모든 슬픔이 내 앞이 되었다

—같은 시 부분

앞서 인용한 다른 시의 한 구절에서 시인은 스스로를

"노래를 잃은 새"라고 불렀다. 노래를 잃었다는 의식은 노래를 알기 때문에 생겨난다. "한번 그 노래를 들은" 치명적인 경험이 결핍의 의식을 낳고, 세계의 끝에 대한, 그 너머의 무언가에 대한 영원한 꿈을 품게 한다. 그러나 그 노래에 기대어 가기로 했을 때 바로 세계와의 불화와 고통이 시작되며, 시인은 이 세계의 아웃사이더, 모든 회의와 불운과 슬픔을, 즉 이 세계의 모든 부정성을 받아들이는 존재가 된다. 시인은 "먼 빛에 대해서/생각" 하기에 어마어마한 길을 떠나는 것이지만, 그가 해진 신을 신고, 발이 지치고 아픈 것은 단순히 너무 먼 길을 걸어왔기 때문만은 아니다. 그것은 오히려 시인이 걷는 길 자체가 험하고 고통스러운 길이기 때문일 것이다. 그 고통은 시인이 영원한 꿈을 바라보며 걷는다는 데서 연유한다. 꿈이 드높을수록 고통도 깊다. 또는 깊은 고통 속에서만 시인은 꿈에 가까워진다. 바로 이 지점에서 왜 시인이 이 세계를 수직 상승으로 초월해서는 안 되는지, 왜 이 비참한 세계를 고통스럽게 가로질러서만 새로운 존재의 차원에 발을 디딜 수 있는지가 드러난다.

5. 타오르는 몸과 타지 않는 혀: 유체와 영혼의 변환

글을 마무리하며 시집 제목 "타지 않는 혀"로 돌아오

자. '타지 않는 혀'라는 모티브를 통한 구마라집과 시인의 비교는 구마라집이 모든 면에서 완벽한 성자가 아니라 상당히 굴곡이 있는 삶을 살았다는 사실로 인해 더욱 흥미로운 것이 된다. 구마라집이 몸과 혀, 육체의 욕망과 진리를 향한 영혼의 갈구 사이에서 분열된 자, "경전을 짊어진 파계승"(p. 113)이라면, 함성호의 시편들 속에 그려지는 시인 역시 몸은 온갖 유혹에 내맡겨진 채 더러운 속세를 구르며 비참함에 비참함을 더해가지만 이와 동시에 "혼을 가진 신의 보석"(p. 7) 같은 신성한 혀를 지닌 존재이기도 하다.

그런데 유사성은 여기까지다. 구마라집의 경우 몸과 혀의 분열은 외면적 대립에 가깝다. 그의 드높은 정신과 천재적 재능이 거침없이 나아가는 구도의 길은 여러 가지 외적인 방해 요인에 위협받는다. 떨쳐버릴 수 없는 구마라집 자신의 육체적 욕망도 그 방해 요인 가운데 하나다. 파계는 구마라집의 영혼에 커다란 고통을 안기고, 영혼 속의 이론과 몸이 겪는 현실 사이의 모순은 심각한 개인적, 사회적 위기를 초래한다. 그러나 결국 구마라집은 구원받는다. 타락한 몸의 욕망과 파계에도 불구하고 이루어지는 구원이다. 그의 타락한 몸은 불타 없어졌으나, 혀만은 타지 않고 남아 그의 거룩함을 증거한 것이다.

그러나 제목을 통해 구마라집의 전설을 직접적으로 지시하는 시 「타지 않는 혀」는 몸과 혀, 육체와 영혼의 관계에 대해 이와는 변별되는 인식을 보여준다. 시인은 "나의 시"를 생각하면서, 이렇게 말한다.

누가
내 입안 가득 넣어준
한 줌의 씨앗

결국,
내 몸을 먹고 자라
타지 않을 혀

한 줌의 씨앗이 몸을 먹고 자라 타지 않을 혀가 된다. 이때 몸과 혀의 관계는 타락과 신성이라는 대립 이상의 의미를 지닌다. 어떤 씨앗을 매개로 몸이 혀로 변환된다. 몸이 소모되면서 타지 않을 혀, 신성한 혀가 만들어지는 것이다. 이때 몸과 혀 사이에는 보들레르의 '악의 꽃'(악에서 피어난 꽃)에서 보는 것과 같은 놀라운 변환의 관계가 성립한다. 특히 주목할 것은 이 시 마지막 행에서 "타지 않는 혀"라는 제목이 "타지 않을 혀"("결국,/내 몸을 먹고 자라/타지 않을 혀")로 살짝 변형된다는 사실이다. 물론 자신의 사후를 예언하는 구마라집 역시 "타지 않을"("내 몸을 화장한 후에도 혀만은 타지 않을 것이다", p. 7)이라는 미래형을 사용하기는 한다. 그러나 구마라집은 자신의 혀가 이미 '타지 않는 혀'가 되어 있음을 확신하면서 앞으로 일어날 일을 진술한 것이다. 반면 시인의 "타지 않을 혀"는 아직 생성의 과정에 있는 혀, 미래의 혀이다. 완전한 깨달음, 완벽한 번역을 이루고 이를 자신하는 구마라집과 달리, 시인은 아직 먼 빛을 보며 힘겹게 나아가며 기적을 꿈꿀 뿐이다. 그리고 그것은 그의 몸, 그의 전 존재를 소모하는 작업이다. 그래서 "타지 않을 혀"는 "내 몸을 먹고 자라"는 것이다. 구마라집의 경우에 몸이 자연스럽게 불타 없어지는 가운데 혀만이 기적적으로 불타지 않고 남는 것이라면, 시인의 경우에는 몸의 연소를 통해 타지 않을 혀가 생성되어간다.

이처럼 전설 속의 '타지 않는 혀'는 함성호 시집의 핵심 모티브로 수용되면서 의미의 근본적 변화가 일어난다. 여기서 '타지 않는 혀'는 '타는 나머지 몸'을 함축하고 전제하며, 나머지 몸의 연소가 타지 않는 혀의 기적을 낳는 조건이 된다. 타지 않는 혀의 기적은 타오르는 몸의 고통에서 시작되는 것이다. 시인이 노래 때문에 창녀가 되고 사기꾼이 되고 살인자가 되고 더러운 눈물을 흘리는 것은 이런 연유에서다. 그래서 타지 않는 혀가 함축하는 타오르는 몸은 길에 유배당한 자, 노래에 기대어 길을 떠난 시인이 이 세계 속에서 겪는 온갖 비참과 고독과 고통, 결국에는 구원을 가져올 모든 부정적 경험의 상징이 된다. ▨